Ensaios de história

BIBLIOTECA PÓLEN

Para quem não quer confundir rigor com rigidez, é fértil considerar que a filosofia não é somente uma exclusividade desse competente e titulado técnico chamado filósofo. Nem sempre ela se apresentou em público revestida de trajes acadêmicos, cultivada em viveiros protetores contra o perigo da reflexão: a própria Crítica da razão, *de Kant, com todo o seu aparato tecnológico, visava, declaradamente, libertar os objetos da metafísica do "monopólio das escolas".*

O filosofar, desde a Antiguidade, tem acontecido na forma de fragmentos, poemas, diálogos, cartas, ensaios, confissões, meditações, paródias, peripatéticos passeios, acompanhados de infindável comentário, sempre recomeçado, e até os modelos mais clássicos de sistema (Espinosa com sua ética, Hegel com sua lógica, Fichte com sua doutrina da ciência) são atingidos nesse próprio estatuto sistemático pelo paradoxo constitutivo que os faz viver. Essa vitalidade da filosofia, em suas múltiplas formas, é denominador comum dos livros desta coleção, que não se pretende disciplinarmente filosófica, mas justamente portadora desses grãos de antidogmatismo que impedem o pensamento de enclausurar-se: um convite à liberdade e à alegria da reflexão.

Rubens Rodrigues Torres Filho

Edward Gibbon

ENSAIOS DE HISTÓRIA

Tradução e apresentação
Pedro Paulo Pimenta

ILUMI/URAS

Coleção Biblioteca Pólen
Dirigida por Rubens Rodrigues Torres Filho e Márcio Suzuki

Copyright © 2014 desta edição e tradução
Editora Iluminuras Ltda.

Capa
Fê
Estúdio A Garatuja Amarela
sobre
Untitled (Red With Column), Peter Saari, 1977
gesso e acrílico sobre tela, 228x137cm

Revisão
Letícia Castello Branco
Jane Pessoa

CIP-BRASIL. CATALOGAÇÃO-NA-FONTE
SINDICATO NACIONAL DOS EDITORES DE LIVROS, RJ

G478e

Gibbon, Edward, 1737-1794.
    Ensaios de história / Edward Gibbon ; tradução Pedro Paulo Pimenta. - São Paulo : Iluminuras, 2014.
    152p. : 21 cm   (Biblioteca Polén)

Tradução de: An essay on the study of literature
ISBN 978-85-7321-382-9

1. Literatura - Estudo e ensino. I. Título. II. Série.

12-3520   CDD: 807
                        CDU: 82

2020
EDITORA ILUMINURAS LTDA.
Rua Inácio Pereira da Rocha, 389 - 05432-011 - São Paulo - SP - Brasil
Tel. / Fax: 55 11 3031-6161
iluminuras@iluminuras.com.br
www.iluminuras.com.br

ÍNDICE

Apresentação, 9
 Pedro Paulo Pimenta

ENSAIOS DE HISTÓRIA

Ensaio sobre o estudo da literatura, 17

Dos triunfos dos romanos, 77

Situação da Germânia antes da
invasão de Roma pelos bárbaros, 107

Maneiras das nações pastoris, 141

APRESENTAÇÃO

Pedro Paulo Pimenta

> Como quem sonha e sabe que sonha, e é condescendente com os azares e as trivialidades de um sonho, Gibbon, no século XVIII, voltou a sonhar o que sonharam ou viveram homens de séculos anteriores...
>
> J.L. Borges, "Prólogo a Gibbon"[1]

O inglês Edward Gibbon (1737-1794) é mais conhecido por Declínio e queda do Império Romano, *obra monumental que o inclui entre os principais historiadores filosóficos do século XVIII. Gibbon não foi, porém, autor de uma obra só. Antes de se dedicar à redação de* Declínio e queda, *ele redigiu numerosas peças críticas, primeiro em francês, língua com que se familiarizou intimamente em Lausanne, na Suíça, onde foi educado, depois em inglês. Publicadas esparsamente ou inéditas até a morte do autor, essas peças não tiveram êxito algum junto ao público. Seu gênero é a crítica, que Gibbon entende como uma ciência feita de gosto e erudição. Seu objeto é a história, principalmente a romana. Verdadeiros exercícios de leitura e interpretação dos clássicos, em busca de evidências da experiência política, religiosa e social da Antiguidade latina, o primeiro dos pequenos escritos de Gibbon é o* Ensaio sobre o estudo da literatura *(1761), que Borges com precisão descreve como uma "defesa das letras clássicas, então desdenhadas pelos enciclopedistas". Em sua autobiografia, publicada em 1795, Gibbon declara que o* Ensaio sobre literatura, *embora careça no geral de "método e conexão" e peque por ser "obscuro e abrupto" em algumas*

---

[1] J.L. Borges, *Prólogos, con un prólogo de prólogos*. Buenos Aires: Emecê, 1975.

passagens, é obra de um jovem que "realizou leituras de bom gosto, pensa com liberdade e escreve em língua estrangeira com espírito e elegância". O ensaio delineia os contornos do que Gibbon chama de "história filosófica", ciência literária de reconstituição das tramas de causas e efeitos que formam a experiência dos homens, dos tempos antigos aos modernos. Essa história, que ele encontra em Tácito e em Montesquieu, é também a de seus contemporâneos, Voltaire, Hume e Robertson; será a de Declínio e queda; *e, retrospectivamente, pode-se considerar que a crítica tenha sido para Gibbon uma preparação para a história filosófica, cujo programa está esboçado no* Ensaio sobre a literatura.

Esse programa, apesar dos resultados de vulto, é, na verdade, bastante simples. A história é uma ciência; e a sua prática exige certos talentos e um treino adequado, que capacitem ao discernimento de "um sistema, relações, sequências, ali, onde outros não discernem senão caprichos da fortuna. Essa ciência, para o filósofo, é a ciência das causas e efeitos". Capacidade rara, que não dispensa, todavia, a observância de regras, que servem "não para orientar o gênio, mas para impedir os seus extravios". Juízo e erudição, afortunadamente combinados, perfazem o gênio disciplinado que constitui o historiador filosófico, dotado de uma clarividência em relação à enorme massa de eventos que se encontram na história dos homens. "Privilegie os fatos que por si mesmos formam um sistema àqueles que possa descobrir após ter concebido um sistema. Prefira sempre as ocorrências triviais aos fatos brilhantes": fiel a essas regras, o historiador poderá distinguir entre os "muitos fatos que nada provam além de sua própria existência", outros "que podem ser citados numa conclusão parcial, que facultam ao filósofo julgar os motivos de uma ação ou um traço de caráter: que iluminam uma cadeia de ideias", e, finalmente, aqueles que "predominam no sistema geral, que estão intimamente ligados a ele e põem em movimento as molas da ação". "Estes últimos", adverte Gibbon, "são muito raros; mais raro ainda é encontrar espíritos que conseguem entrevê-los, no vasto caos dos eventos, e extraí-los puros, sem mistura."

Ao adotar esse credo, de extração empirista, Gibbon não abre mão de encontrar na história um sentido, mas desde que seja dado em fatos com força suficiente para moldar épocas inteiras. Tais fatos não se confundem com eventos grandiosos. Encontram--se, muitas vezes, no exame minucioso de cadeias de causas e efeitos, descobrem-se na filigrana de uma experiência capciosa, que facilmente engana os mais precipitados. Em certa medida, Gibbon não faz senão retomar, com essa teoria, a exigência que fora posta por Tucídides na base de seu tortuoso exercício de interpretação das guerras que representaram a ruína de Atenas. Isenta das tentações teleológicas a que os filósofos sucumbirão ainda no século XVIII, a história filosófica esboçada por Gibbon no Ensaio sobre o estudo da literatura *é um chamado à lucidez. E quando redige, anos depois,* Declínio e queda do Império Romano, *Gibbon escreve mais do que um livro sobre Roma, interessa-se, sobretudo, pelas transformações pelas quais passa, na Idade Média, o legado do império. Longe de denunciar um evento que ele mesmo considera deplorável — o fim da Antiguidade clássica —, Gibbon tenta entender o mundo moderno, das monarquias comerciais da Europa das Luzes, que é o resultado desse evento longínquo.*[2]

A coerência na trajetória intelectual de Gibbon não anula, porém, as descontinuidades, que lhe dão colorido e a tornam variada e ainda mais interessante. Quem está acostumado ao estilo de Declínio e queda, *que, como observa Lytton Strachey*

---

[2] Ver a respeito G. Giarrizzo, *Edward Gibbon e la cultura europea del settecento.* Nápoles: 1954.

em seu retrato do autor,[3] é "clássico", pois consegue ser, a um só tempo, "solene e irônico", pode não reconhecer o mesmo autor no Ensaio sobre o estudo da literatura. *A diferença é ainda mais marcante quando se compara o* opus magnum *de Gibbon com a dissertação* Dos triunfos dos romanos, *genial exercício de interpretação que pode ser considerado como um exemplar de história cultural ou de etnografia. Em marcado contraste com* Declínio e queda, *cujo enfoque de tão geral chega a ser universal, essa digressão pontual, redigida por Gibbon* on the spot, *em francês, durante sua primeira visita a Roma, em 1764 (financiada por seu pai), revela uma inteligência aguda, um escritor seguro de seus recursos, um erudito informado. Em* Dos triunfos dos romanos, *Gibbon aplica o método preconizado no* Ensaio sobre literatura *e comprova que ele funciona, e muito bem. No domínio factual e interpretativo, o êxito do jovem escritor é tamanho que em nossos dias a historiadora inglesa Mary Beard, autora de* The Roman Triumph,[4] *reconhece, no prefácio dessa obra, que a exposição de Gibbon acerta, quanto ao essencial, na compreensão desse fenômeno que parece familiar, mas que, visto de perto, mostra-se inusitado, curioso, estranho mesmo.*

Esses episódios da carreira de Gibbon são vistos como menores, em relação a sua obra-prima, por estudiosos como Pocock.[5] Pouco importa se é verdade ou não. Certo é que eles permitem abordar Declínio e queda do Império Romano *(de preferência na magistral tradução parcial de José Paulo Paes)[6] com um novo olhar. Um capítulo atípico da obra é "Condição dos germânicos até a época da invasão do império pelos bárbaros", publicado*

---

[3] Strachey, Lytton. "Edward Gibbon" (1928), in *Biographical Essays*. Nova York: Mariner, 1969.
[4] Beard, Mary. *The Roman Triumph*. Cambridge: Belknap Press, 2009.
[5] Pocock, J.G.A. *Barbarism and religion*, 4 v. Cambridge: Cambridge University Press, 2000-2008.
[6] Gibbon, Edward. *Declínio e queda do império romano*, José Paulo Paes (trad.). São Paulo: Companhia das Letras, 1998.

no livro I (1776). Aqui, o narrador dá lugar ao crítico. O gênero do comentário de Gibbon, baseado na Germânia *de Tácito, é a paráfrase: acompanha a fonte, acrescenta, aqui e ali, observações suplementares, destaca passagens importantes, suprime outras que talvez não coadunem com suas próprias intenções, emenda o texto original. Uma discreta, porém cortante ironia (tão diferente daquela de Voltaire!) encontra-se por toda parte, e contribui não só para examinar as maneiras dos futuros algozes dos romanos como também para demonstrar a tese de que as origens das maneiras europeias contemporâneas estão entre os bárbaros germânicos. O tom solene das passagens narrativas de* Declínio e queda *está ausente; daí a nítida impressão de continuidade em relação aos estudos de juventude. Uma diferença importante é que Gibbon, admoestado por Hume, agora escreve em inglês, sem perder aquela precisão e elegância que adquirira no manejo da língua francesa. Tornou-se um estilista, e, como observa Strachey, o estilo, em* Declínio e queda do Império Romano, *é tudo: imiscui-se na análise e a direciona com segurança, do início ao fim.*

Gibbon não chegou a ser lido pelo público que primeiro teve em vista. O Ensaio sobre o estudo da literatura *não foi comentado por D'Alembert ou por Rousseau. A fama literária do autor veio apenas com* Declínio e queda do Império Romano. *Quando finalmente surge o primeiro volume da monumental obra de Gibbon, um dos mais reputados historiadores de então, o escocês Adam Ferguson, congratula o autor e comunica-lhe que "as pessoas deste lugar cujo juízo mais estimas" são unânimes em afirmar que a obra "é um grande acréscimo à literatura clássica inglesa" e realiza, por conta própria, o que Tucídides estipulara para si mesmo: legar aos seus compatriotas "um monumento eterno".*[7] *Sabemos quem são esses juízes; Gibbon*

---

[7] "Ferguson a Gibbon, 19 mar. 1776", in *The correspondence of Adam Ferguson*, V. Merolle (ed.), 2 v. Londres: Pickering, 1995, v. I, pp. 135-6.

não esconde que seu anseio é merecer "a estima do sr. Hume e do sr. Robertson".[8] O reconhecimento de seus pares prenuncia uma posteridade gloriosa, em que mesmo as críticas de um Coleridge — que julgava "detestável" o estilo parte solene, parte irônico de Declínio e queda *— parecem confirmar o êxito do historiador, bem como do estilista.*

Há motivos de sobra, portanto, para ler Gibbon. A par da relevância conceitual e histórica dos ensaios aqui traduzidos, que podem interessar tanto aos historiadores e filósofos quanto ao leitor em geral, o que nos motivou a vertê-los para a língua portuguesa é a oportunidade de compartilhar o prazer de ler um escritor com voz própria, que fascina até hoje, não só por ter refletido sobre uma ciência nascente e por ter examinado um dos períodos mais interessantes da história humana como também por ter dado um toque precioso, que continua a ressoar, e que faríamos bem em ouvir: a leitura dos clássicos, longe de se esgotar em si mesma, ilumina a experiência do presente. Gibbon é um moderno, que para nós se tornou clássico.

São Paulo, setembro de 2011

---

[8] Citado por Dugald Stewart, *Account of the Life and Writings of William Robertson* (1802), ed. fac-similar. Bristol: Thoemmes Press, 1995, pp. 150-1.

ENSAIOS DE HISTÓRIA

ENSAIO SOBRE O
ESTUDO DA LITERATURA[1]

1. A história dos impérios é a história da miséria dos homens. A história das ciências é a história de seu esplendor e felicidade. Se mil considerações tornam este último gênero de estudo precioso para o filósofo, essa reflexão é suficiente para recomendá-lo a todo amigo do gênero humano.

Ideia de uma história literária.

2. Como eu gostaria que uma verdade tão reconfortante não tivesse exceção! Mas ai de mim! O homem se intromete demais no gabinete do sábio. E, mesmo nesse abrigo da sabedoria, é perturbado por seus preconceitos, agitado por suas paixões, aviltado por suas tolices.

O império da moda, de origem tão frívola e efeitos tão funestos, funda-se sobre a inconstância dos homens. O homem de letras não ousa chacoalhar esse jugo, e se suas reflexões retardam sua derrota, tornam-na mais vergonhosa.

Todos os países, todos os séculos, mostraram uma preferência, muitas vezes injusta, por alguma ciência, enquanto outros estudos languesciam, vítimas de um menosprezo igualmente insensato. A metafísica e a dialética, sob os sucessores de Alexandre;[2] a política e a eloquência,

---

[1] Tradução realizada a partir da versão francesa original (Londres, 1761), cotejada com a versão inglesa (Londres, 1764). A versão inglesa insere muitos termos que na francesa são sugeridos pelos próprios torneios de frases, calcados no uso oral do francês mais elegante. Sempre que pertinente, adotamos em português esses adendos, às vezes tão necessários quanto em inglês. Em poucas ocasiões, julgamos justificado inserir, entre colchetes, diferenças terminológicas entre as duas versões. (N.T.)

[2] Esse século foi o das seitas filosóficas, que combatiam pelos sistemas de seus mestres respectivos com a obstinação de teólogos. O amor pelos sistemas produz

sob a república romana; a história, a poesia, no século de Augusto; a gramática e a jurisprudência, sob o baixo império; a filosofia escolástica, no século XII; as belas-letras, até os dias de nossos pais: cada uma delas foi, em sua vez, admirada e menosprezada pelos homens. A física e as matemáticas ocupam, no presente, o trono. Veem suas irmãs prostradas diante de si, vergonhosamente acorrentadas à sua carruagem, ou então servilmente empregadas para adornar o seu triunfo. Pode ser que o seu reinado seja breve, e sua queda não esteja longe.

Seria digno de um homem dotado de habilidades reconstituir as revoluções, nas religiões, nos governos e nas maneiras, que sucessivamente devastaram, destruíram e corromperam os homens. Que ele tenha o cuidado de não ir à caça de um sistema; e mais ainda de não evitá-lo.

Renascimento das belas-letras. O gosto dos poderosos por elas.

3. Se os gregos não tivessem sido escravos, os latinos teriam permanecido bárbaros. Constantinopla tombou sob a espada de Maomé. Os Médici receberam as musas desoladas: encorajaram as letras. Erasmo fez mais, cultivou-as. Homero e Cícero se tornaram conhecidos em terras que Alexandre não desbravara e em nações que os romanos não conquistaram.

necessariamente o amor pelos princípios gerais, e este conduz, de ordinário, ao menosprezo pelos conhecimentos de detalhe. "O amor pelos sistemas", diz o sr. Freret, "que se apoderou dos espíritos após Aristóteles, levou os gregos a abandonarem o estudo da natureza e freou o progresso de suas descobertas filosóficas: os raciocínios sutis tomaram o lugar dos experimentos: as ciências exatas, a geometria, a astronomia, a verdadeira filosofia, desapareceram quase que inteiramente. Perdeu-se o interesse pela aquisição de novos conhecimentos, em nome da classificação e ligação sistemática de conhecimentos supostamente já adquiridos. Foi então que surgiram as diferentes seitas: os melhores espíritos evaporaram nas abstrações de uma metafísica obscura, em que as palavras muitas vezes substituíam as coisas; a dialética, nomeada por Aristóteles o instrumento por excelência de nosso espírito, tornou-se, entre seus discípulos, o objeto principal e quase único de suas preocupações. Vidas inteiras eram dedicadas a estudar a arte do raciocínio, nunca a raciocinar, ou quando muito a raciocinar apenas sobre objetos fantásticos." *Mémoire de l'Académie de Belles-Lettres*, tomo VI, p. 159 ss. (N.A.)

Essa época julga belo estudar os antigos e admirá-los:[3] a nossa pensa que é melhor ignorá-los e menosprezá-los. Parece-me que ambas têm razão. O soldado lia esses autores em sua tenda. O homem de Estado os estudava em seu gabinete. Mesmo as do belo sexo, que usualmente se dão por contentes com as graças e deixam-nos as luzes, enfeitavam-se como se fossem uma Délia e esperavam encontrar em seus amados um Tíbulo. Elisabete (esse nome diz tudo para o sábio) aprendera com Heródoto a defender os direitos da humanidade contra um novo Xerxes, e, após os combates, encontrava em Ésquilo o seu nome celebrado, sob a alcunha dos vencedores de Salamina.[4]

Se Cristina[5] preferiu a ciência ao governo de seu Estado, a política pode ignorá-la, a filosofia deve censurá-la, mas o homem de letras enaltecerá sua memória. Essa rainha estudava os antigos: examinava os seus comentadores. Por ela se distinguiu Salmásio,[6] que não merecia nem a admiração que recebeu de seus contemporâneos, nem o esquecimento a que tentamos relegá-lo.

4. Sem dúvida, essa rainha foi longe demais em sua admiração por tais sábios. De minha parte, sempre pronto

> Foi longe demais.

---

[3] Folheie-se a Biblioteca Latina, de Fabricius, o melhor de todos os compiladores, e ver-se-á que, passados quarenta anos de sua impressão, todos os autores latinos continuavam em catálogo, alguns em reedição. O gosto dos editores não era, a bem da verdade, igualado por seu zelo. Os autores da história de Augusto aparecem depois de Tito Lívio; Aulo Gélio aparece antes de Vergílio. (N.A.)

[4] Ésquilo escreveu uma tragédia (*Os persas*) em que pinta, com as mais vivas cores, a glória dos gregos e a consternação de seus adversários após a campanha de Salamina. Ver *Le théâtre des grecs de Brumoy*, tomo II, p. 171 ss. (N.A.)

[5] Escutemos o sr. Hênault: "Essa princesa era sábia. Um dia, conversando com Calignon, seu futuro chanceler, mostrou-lhe uma tradução que fizera, para o latim, de algumas tragédias de Sófocles e de duas arengas de Demóstenes. Permitiu-lhe que copiasse um epigrama grego que ela mesma compusera; e pediu-lhe conselhos sobre duas passagens de Lycophron, que ela estava lendo e tinha a intenção de traduzir". *Abregé chronologique*, Paris, 1752, p. 397. (N.A.)

[6] Caludius Salmasius, crítico francês, entre 1650 e 1653 (ano de sua morte) foi protegido pela rainha Cristina da Suécia. (N.T.)

a defendê-los, nunca, porém, incondicionalmente, eu teria dificuldade para reconhecer que suas maneiras eram grosseiras, que seus trabalhos por vezes se perdiam em minúcias; que seu espírito [sua imaginação], submerso numa erudição pedante, comentava o que só pode ser sentido e compilava em vez de raciocinar. Era-se suficientemente esclarecido para que se percebesse a utilidade de suas investigações, mas não suficientemente razoável [sensato] ou polido para saber que elas poderiam ter sido guiadas pela tocha da filosofia.

<small>Predomínio da razão.</small>

5. Aos poucos a luz aumentou. Descartes não foi literato, mas as belas-letras lhe devem muito. Um filósofo esclarecido,[7] herdeiro de seu método, aprofundou os verdadeiros princípios da crítica. Bossu, Boileau, Rapin, Brumoy ensinaram os homens a avaliar o preço dos tesouros que possuíam. Uma dessas sociedades, que serviu para imortalizar mais o nome de Luís XIV do que a sua ambição, tantas vezes perniciosa aos homens, começa a empreender suas pesquisas, reunindo justeza de espírito, amenidade e erudição, realiza muitas descobertas importantes, e cultiva, às vezes, algo que dificilmente poderia desaparecer com descobertas: uma ignorância modesta e sábia.

Se os homens empregassem a razão ao agir e ao falar, as belas-letras se tornariam objeto da admiração do vulgo e da estima dos sábios.

<small>Decadência das belas--artes.</small>

6. Dessa época data o começo da decadência das belas--letras. Le Clerc, a quem as ciências e a liberdade tanto devem, já se queixava mais de sessenta anos antes. Mas foi na famosa disputa entre os antigos e os modernos[8] que as letras receberam o golpe mortal. Nunca houve combate tão desigual. A lógica exata de Terrasson, a filosofia fina de Fontenelle, o

---

[7] O sr. Le Clerc, em sua excelente *Ars critica* e em muitas outras obras. (N.A.)
[8] Os principais textos da querela foram reunidos por A.-M. Lecoq, *La querelle des anciens et des modernes*. Paris: Gallimard, 2001. (N.T.)

estilo elegante e alegre de La Motte, os gracejos ligeiros de St. Hyacinte, trabalharam em conjunto para reduzir Homero ao nível de Chapelain. Seus adversários não foram capazes de mais que um apego a minúcias, de não sei quais alegações de uma natural superioridade dos antigos, de preconceitos, de injúrias e de citações. O ridículo sobrou todo para eles, e atingiu uma parte dos antigos por eles defendidos na querela. Essa amigável nação de sábios adotou, irrefletidamente, o princípio de Lorde Shaftesbury,[9] sem distinguir, porém, o falso do ridículo.

Depois dessa época, nossos filósofos fingem se espantar que homens dediquem uma vida inteira a adquirir conhecimento de fatos e de palavras, sobrecarregando a memória em vez de esclarecer o espírito. Nossos belos espíritos perceberam as vantagens que lhes traria a ignorância de seus leitores. Cobriram de opróbrio os antigos e os que insistem em estudá-los.[10]

7. A esse quadro[11] eu gostaria de acrescentar algumas reflexões, com o intuito de fixar o justo valor das belas-letras.

Os exemplos de grandes homens não provam nada. Cassini, antes de regrar o curso dos planetas, acreditava poder ler nele o destino dos homens.[12] Quando são numerosos, porém,

Grandes homens que foram literatos.

---

[9] Shaftesbury, "Sensus communis, or an Essay on the Freedom of Wit and Humour" in *Characteristics of Men, Manners, Opinions, Times* (1711). (N.T.)
[10] Privamos esses estudos do nome de *belas-letras*, que uma longa tradição consagrara, para substituí-lo pelo de *erudição*. Nossos literatos se tornaram eruditos (La Motte & D'Alembert). O abade Massieu considerou neologismo essa expressão (No prefácio às obras de Toureil). Teria ele hoje mudado de ideia? Não cabe a um estrangeiro decidir. Sei que os grandes escritores têm o direito de legislar sobre a própria língua, mas seria melhor que, tendo reconhecido que um erudito pode ter gosto, opinião própria e espírito fino (o sr. D'Alembert no artigo "Érudition" da *Encyclopédie*), eles não mais se servissem desse termo para designar um servil admirador dos antigos (o sr. D'Alembert, no "Discurso preliminar" da *Encyclopédie* e alhures). (N.A.)
[11] *Tableau*, no original francês; *Picture*, na versão inglesa. Traduziremos o termo, conforme o contexto, por "quadro", "retrato", "tela" ou "cena". (N.T.)
[12] Fontenelle em seu *Elogio*. *Obras* de Voltaire, tomo XVII, p. 19. (N.A.)

tais homens predispõem a mente a investigar, e confirmam os resultados da investigação, uma vez realizada. É óbvio que um gênio capaz de raciocinar, que uma imaginação viva e brilhante, jamais poderiam saborear uma ciência que depende unicamente da memória. De todos os homens que esclareceram o globo terrestre, muitos se dedicaram ao estudo das belas-letras; não poucos as cultivaram; nenhum, ou quase nenhum, as menosprezou. A Antiguidade inteira se desvelou aos olhos de Grotius: esclarecido por essa luz, ele expôs oráculos sagrados, combateu a ignorância e a superstição, aplacou os horrores da guerra. Se Descartes se entregou totalmente à própria filosofia e menosprezou tudo o que não tinha relação com ela, Newton não desdenhou a construção de um sistema de cronologia que teve mais partidários que admiradores:[13] Gassendi, o melhor filósofo entre os literatos, o melhor literato entre os filósofos, como crítico explicou Epicuro, como físico o defendeu. Leibniz passava de imensas investigações históricas às mais infimamente pequenas. Se sua edição do *Martianus Capella* tivesse sido publicada, seu exemplo teria justificado a causa dos literatos, suas luzes os teriam esclarecido.[14] O *Dicionário* de Bayle permanecerá um eterno monumento da força e da fecundidade da erudição combinada ao gênio.

<small>Literatos que foram grandes homens.</small>

8. Se concentrarmos nossa atenção naqueles que consagraram quase todos os seus trabalhos à literatura, saberemos distinguir e apreciar, se formos conhecedores dessa matéria, o espírito delicado e vasto de Erasmo; a exatidão de Casaubon e de Gerard Vossius; a vivacidade de Justo Lipso; o gosto, a fineza de Taneguy le Febvre; os recursos, a fecundidade de Isaac Vossius; a implacável

---

[13] Newton reformou a cronologia ordinária, e nela encontrou erros entre quinhentos e seiscentos anos. Ver minhas observações críticas na nota 68. (N.A.)

[14] Ver a vida de Leibniz por Neufville, no frontispício da *Teodiceia*. (N.A.)

penetração de Bentley; a amenidade de Massieu e de Fraguier; a crítica sólida e esclarecida de Sallier; o espírito profundo e filosófico de Le Clerc e de Freret: sem confundi-los, em absoluto, com simples compiladores, tais como um Gruter, um Salmasius, um Masson e tantos outros, úteis, na verdade, por seus trabalhos, mas que jamais mereceriam a nossa admiração, que raramente excitam o nosso gosto e, se tanto, reclamam a nossa estima.

9. Os autores antigos deixaram modelos para aqueles que queiram se arriscar a seguir os seus passos e lições para outros que queiram extrair delas os princípios do bom gosto e ocupar suas horas vagas com o estudo dessas preciosas produções em que a verdade se mostra enfeitada por todos os tesouros da imaginação. Os poetas e os oradores devem pintar as belezas da natureza. O universo inteiro lhes fornece as cores; mas, em meio a essa variedade imensa, podemos dispor sob três classes as imagens de que eles se servem: o homem, a natureza e a arte. As imagens da primeira espécie, o retrato do homem, de sua grandeza, de sua vilania, de suas paixões, das mudanças que ele sofre, são as que mais certamente conduzem um escritor à imortalidade. Cada vez que lemos Eurípides ou Terêncio, descobrimos ali novas belezas. Contudo, não é nem ao arranjo de suas peças, por vezes defeituoso, nem às finezas, que se escondem por trás de uma feliz simplicidade, que esses poetas devem seu renome. O coração se reconhece em suas telas, verdadeiras e ingênuas, e se reconhece com prazer.

A natureza, por imensa que ela seja, forneceu poucas imagens aos poetas. Limitados pelo seu objeto ou pelo preconceito dos homens, não puderam pintar mais que a variada sucessão de estações; um mar crispado por tempestades; os zéfiros da primavera exalando amor ou prazer. Um pequeno número de gênios logo esgotou tais cenas.

O gosto. As três fontes da beleza.

Imagens artificiais.

10. Restam as imagens da arte. Entendo por arte tudo aquilo com que os homens ornam ou desfiguram a natureza, as religiões, os governos, os usos. Todos os poetas se serviram disso, e, deve-se convir, serviram-se bem. Seus concidadãos e seus contemporâneos os entendem sem esforço, e os leem com prazer: agrada-lhes encontrar, nas obras dos grandes homens de sua nação, tudo o que tornou respeitáveis seus antepassados, tudo o que consideram sagrado, tudo o que praticam como útil.

As maneiras dos antigos favoreciam a poesia; na arte militar.

11. As maneiras dos antigos eram mais favoráveis do que às nossas à poesia, forte indicação de que nela nos superaram. À medida que as artes se aperfeiçoaram, os expedientes se simplificaram. Na guerra, na política, na religião, os maiores efeitos foram produzidos pelas causas mais simples. Sem dúvida, os Maurício e os Cumberland[15] entendem melhor a arte militar que os Aquiles e os Ajax:

Ces antiques héros qui montés sur un char
Combattoient en désordre et marchoient au hasard.[16]

Mas seriam as batalhas do poeta francês tão diversificadas quanto as do grego? E seus heróis, seriam tão interessantes? Os duelos entre os chefes militares, os colóquios com os que estão à beira da morte, os reencontros inesperados, tudo isso prova que a arte, embora esteja em sua infância, dá ao poeta meios de nos mostrar seus heróis e nos interessar pelo destino deles. Hoje, os exércitos são vastas máquinas, animadas pelo sopro de um general. A musa se recusa a descrever suas

[15] Não era minha intenção tecer aqui um elogio ao duque de Cumberland, por quem tenho infinito respeito, tanto por seus títulos hereditários quanto por seus talentos militares. Se nos lembrarmos que os versos a seguir são extraídos de um poema sobre a batalha de Fontenoy, veremos que é antes o sr. Voltaire que o elogia, não eu. (N.A.)

[16] *Obras* de Voltaire, tomo II, p. 300. (N.A.) ["Esses heróis antigos, que, conduzindo suas carruagens, / Combatiam em desordem e marchavam ao acaso".]

manobras: não ousa penetrar esse turbilhão de poeira e fumaça que subtrai a seus olhos o bravo e o covarde, o comandante e o soldado.

12. As antigas repúblicas da Grécia ignoravam os princípios primeiros do bom governo. O povo se reunia em tumulto, mais para decidir do que para deliberar. Suas facções eram furiosas e imortais; suas sedições, frequentes e terríveis; seus dias mais tranquilos eram cheios de desconfiança, inveja e confusão;[17] seus cidadãos eram infortunados; mas seus escritores, a imaginação acalorada por objetos tão hediondos, pintavam-nos tais como os sentiam. A tranquila administração das leis, as salutares disposições que, emitidas do gabinete de um único indivíduo ou de um conselho pouco numeroso, promovem a felicidade de um povo inteiro, não excitam no poeta senão admiração, que é, de todas as paixões, a mais fria. *Na política.*

13. A mitologia antiga, que animava a natureza inteira, estendia sua influência à pluma do poeta. Inspirado por sua musa, ele cantava os atributos, as aventuras e os infortúnios dos deuses. O ser infinito, de que a religião e a filosofia nos dão conhecimento, está acima de tais cantos: o sublime, diante dele, é pueril. O *Fiat* de Moisés nos impressiona;[18] mas a razão não poderia acompanhar os trabalhos da divindade, que sem esforço e sem instrumento faz tremer mil mundos; e a imaginação não poderia sentir prazer ao ver os demônios de Milton combatendo por dois dias os exércitos do todo-poderoso.[19] *Na religião.*

---

[17] Ver o livro III de Tucídides, *Guerra do Peloponeso*. Diodoro Sícolo, *Biblioteca de história*, livros XI a XX. O prefácio do abade Terrasson, no tomo III de sua tradução de Diodoro Sícolo, e os *Ensaios políticos* de Hume, p. 191. (N.A.)

[18] Ver as peças de Huet e de Boileau, no tomo III das obras deste último. (N.A.)

[19] Os compassos de ouro com que o criador, em Milton, mede o perímetro do universo, são um grande achado. Mas talvez em Milton sejam pueris; em Homero, seriam sublimes. Nossas ideias filosóficas da deidade são danosas aos poetas. Desfiguram-na os mesmos ornamentos que exaltariam Júpiter. O belo gênio de Milton luta contra o sistema da religião, e nunca parece tão grande como quando

Os antigos estavam cientes das vantagens de sua própria mitologia, e a empregavam com sucesso. As obras-primas que ainda hoje admiramos são a melhor prova disso.

Meios de sentir as belezas.

14. Nós, que vivemos sob um outro céu, que nascemos num outro século, perderíamos todas essas belezas se não pudéssemos nos colocar no mesmo ponto de vista em que se encontravam os gregos e os romanos. O detalhado conhecimento de sua época é o único meio que pode nos levar a isso. Algumas ideias superficiais, algumas luzes, adquiridas por acaso, na leitura de um comentário, não nos permitem apreender senão as belezas mais sensíveis e mais aparentes: todas as graças, todas as finezas de suas obras, nos escapariam; e trataríamos como gente desprovida de gosto os seus contemporâneos, que os cobriram de elogios que, se não nos parecem justos, é por sermos ignorantes. O conhecimento da Antiguidade, eis o verdadeiro comentário. Mais necessário ainda é um certo espírito que daí resulta, espírito que não somente nos faz conhecer as coisas, mas que nos torna familiares com elas, e permite-nos, a seu respeito, um olhar tal como o dos antigos. O famoso exemplo de Perrault mostra bem o que eu quero dizer. A grosseria dos séculos heroicos chocou esse parisiense. Em vão Boileau protestou que Homero quis pintar os gregos, não os franceses: o espírito de Perrault se deixou convencer sem se persuadir.[20] Uma pitada do que se costuma entender por gosto antigo teria sido mais esclarecedora do que todas as lições de seu adversário.

Imagens artificiais dependem do amor pela glória.

15. Eu afirmei, há instantes, que a razão autoriza essas imagens, mas não sei se no tribunal do amor e da glória o veredicto seria o mesmo. Todos nós amamos a glória: mas se libera dele: ao passo que um Propércio, esse declamador frio e medíocre, deve sua inteira reputação ao risonho espetáculo de sua mitologia. (N.A.)

[20] Ver as observações do sr. Boileau sobre Longino. (N.A.)

nada varia tanto quanto a natureza e o grau desse amor. Cada homem difere em sua maneira de amá-la. Este escritor só quer os elogios de seus contemporâneos. A morte põe fim a todas as suas esperanças, a todas as suas expectativas. O túmulo em que repousa seu corpo pode guardar, no que lhe diz respeito, também o seu nome. Um homem assim pode, sem escrúpulos, empregar imagens familiares e transitórias, feitas para os juízes junto aos quais ele busca aplauso. Um outro escritor lega seu nome à mais distante posteridade.[21] Agrada-lhe pensar que mil anos após sua morte o indiano às margens do Ganges e o lapão que habita a tundra lerão suas obras e invejarão o país e o século que o viram nascer.

Quem escreve para todos os homens deve partir de fontes comuns a todos, no coração e no espetáculo da natureza. Somente o orgulho poderia levar a ultrapassar esses limites. E alguém assim orgulhoso pode estar certo de que a beleza de seus escritores atrairá uma legião de Burmans, que trabalharão para explicá-lo e o admirarão mais ainda por terem conseguido explicá-lo.

16. Não apenas o caráter do autor, como também o de sua obra, influi sobre sua conduta. A alta poesia, a epopeia, a tragédia, a ode, utilizarão mais raramente essas imagens do que a comédia e a sátira, pois enquanto aquelas pintam paixões, estas delineiam costumes. Horácio e Plauto são quase ininteligíveis para quem não aprendeu a viver e a pensar como o povo romano. O elegante Terêncio, rival de Plauto, é mais fácil de entender, pois sacrificou o gracejo ao bom gosto, enquanto Plauto imolou a decência em nome do gracejo. Terêncio imaginava estar descrevendo atenienses; tudo em suas peças é grego, exceto pela linguagem.[22] Plauto sabia que

E da natureza do objeto.

---

[21] *Vida de Bacon* por Mallet, p. 27. (N.A.)
[22] Ver Terêncio, *Eunuco*, ato II, cena II; *Heauton*, ato I, cena I. Os *cupedinarii* de que fala Terêncio não invalidam essa reflexão. Essa palavra (embora não se deva

Contraste entre a infância e a grandeza de Roma.

falava a romanos: encontram-se nele, em Tebas, em Atenas, em Cálidon, as maneiras, as leis e até os edifícios de Roma.[23]

17. Nos poetas heroicos, as maneiras, ainda que não façam o conteúdo de seus quadros, com frequência ornamentam o fundo e os sombreamentos. É impossível sentir o plano, a arte, os detalhes de Virgílio, sem se instruir profundamente na história, nas leis, na religião dos romanos; na geografia da Itália; no caráter de Augusto; na relação singular e única que esse príncipe mantinha com o senado e com o povo.[24] Nada mais impressionante, e mais interessante, para esse povo que o contraste entre uma Roma coberta de choupanas habitadas por três mil cidadãos, entre muros,[25] e essa mesma Roma, capital do universo, cujas casas eram palácios, cujos cidadãos eram príncipes, cujas províncias eram impérios. Florus soube observar esse contraste, que não poderia ter escapado a Virgílio, que o pintou com pinceladas magistrais. Evandro conduz seu hóspede por essa cidade em que tudo, até o monarca, exala rusticidade. Explica-lhe as antiguidades: e o poeta habilmente deixa entrever a que estaria destinada essa cidade, o futuro capitólio escondido entre arbustos.[26] Como é

adotar a conjectura de Salmasius) se tornara, de nome próprio, nome apelativo. Ver Terêncio, *Eunuco*, ato II, cena II. (N.A.) [*Cupedinário*: o apreciador de acepipes, ou glutão.]

[23] *Amphytrion*, ato I, cena I. *Quid faciam nunc, si tresviri me in carcerem compegerint?* etc. (N.A.) ["Que farei agora, se os policiais me atirarem na prisão? / Amanhã eu seria levado da cela aos açoites / e não adiantaria defender minha causa, nenhum auxílio me viria / nem haveria alguém que achasse que eu não sou digno desse castigo. / Oito homens fortes bateriam neste pobre infeliz. / Ninguém pensaria se isso é justo ou injusto". Trad. Zélia de Almeida Cardoso, in "O *Anfitrião* de Plauto: uma tragédia comédia?", *Itinerários*, 26, 2008.]

[24] Ver as dissertações do sr. De la Bleterie sobre o poder dos imperadores. *Mémoire de l'Académie des Belles-Lettres*, tomo XIX, pp. 357-457; tomo XXI, p. 299 ss.; tomo XXIV, p. 261 ss., 279 ss. (N.A.)

[25] Varro, *De lingua latina*, livro IV. Dionísio de Halicarnasso, *Antiguidades romanas*, livro IX, p. 76. Plutarco, "Vida de Rômulo". (N.A.)

[26] Virgílio, *Eneida*, livro VIII, 347-361. *Hinc ad tarpeiam sedem, et capitolia ducit, / Aureau nunc, olim sylvestribus horrida dumis / — armenta videbant / Romanosque foro et lautis mugire carinis.* ["Dali guia ao Tarpeio, ao Capitólio, / Hoje áureo, outrora de urzes eriçado. / Os cânions do luco e do rochedo / Já

vivo esse quadro! Quanta coisa não diz esse contraste, para o homem instruído na Antiguidade! E como não é pálido, para quem chega a Virgílio sem outra preparação que um gosto natural, e algum conhecimento da língua latina...

18. Mais conhecemos a Antiguidade, mais admiramos a arte desse poeta. Seu objeto era bem exíguo. A fuga de um bando de desterrados; a luta contra os habitantes de alguns vilarejos; o estabelecimento de uma praça fortificada; tais foram os tão propalados feitos do pio Enéas. Mas o poeta os enobrece, e sabe, ao enobrecê-los, torná-los ainda mais interessantes. Por uma ilusão fina demais para ser descoberta pelo comum dos leitores, e tão acertada que agrada os melhores juízes, ele embeleza as maneiras de séculos heroicos, mas as embeleza sem disfarçá-las.[27] O pastor Latinus, o sedicioso Turnus, são transformados em poderosos monarcas. A Itália inteira clama por liberdade. Enéas triunfa sobre os homens e os deuses. Virgílio faz reluzir sobre os troianos toda a glória dos romanos. O fundador de Roma obnubila o de Lavinium. É uma chama que se acende. Logo ele dominará toda a terra. Enéas (permitam-me a expressão) contém o germe de todos os seus descendentes. Cercado em seu campo, ele nos lembra

Arte de Virgílio.

---

com pavor tremiam religioso. / Na cima, diz, folhosa habita um nume; / Qual seja é dúbio; Arcádios creem ter visto / Jove nubícogo a vibrar por vezes / A égide negrejante. Observa aqueles / Dous muros em ruínas: monumentos / São dos varões passados, são relíquias / De Satúrnia e Janículo, cidades / Que o pai Jano e Saturno edificaram. / Do pobre Evandro à casa entanto arribam; / No foro e lauto bairro das Carinas / Balava o armento. —" *Eneida brasileira.* Trad. Odorico Mendes, pp. 343-57. São Paulo, 2008.] (N.A.)

[27] Nada mais difícil que um escritor criado em meio ao luxo pintar, sem baixeza, as maneiras mais simples. Leia-se a epístola de Penélope, em Ovídio, e sentir--se-á revoltado com a mesma rusticidade que encanta em Homero. Leia-se a srta. De Scudéry, e ter-se-á a desagradável surpresa de encontrar, na corte de Tomyris, a pompa da de Luís XIV. É preciso ser feito para essas maneiras para apreender-lhes o tom [a genuína simplicidade]. A reflexão desempenhou o papel de experiência em Virgílio e talvez em Fénelon. Perceberam que seria necessário algum ornamento, para lidar com a delicadeza de seus concidadãos; mas que um excesso de ornamento chocaria essa mesma delicadeza. (N.A.)

César e Alexia. Não poderíamos repartir nossa admiração entre eles.

Virgílio nunca emprega tão bem essa arte como quando, descendo aos infernos junto com seu herói, sua imaginação parece se liberar. Ele não cria seres novos ou fantásticos. Rômulo e Bruto, Cipião e César aparecem ali tais como Roma irá admirá-los ou temê-los.

Górgicas. 19. Leem-se as *Górgicas* com o gosto vivo que se deve ao belo, e com o prazer delicioso que a amenidade inspira a todo homem honesto e sensível. Poder-se-ia, contudo, admirá-las ainda mais, se se descobrisse no autor uma finalidade à altura de uma execução tão bem acabada. Busco meus exemplos sempre em Virgílio. Seus belos versos, e os preceitos de seu amigo Horácio, fixaram o gosto dos romanos, e poderiam instruir a posteridade mais longínqua. Mas, para desenvolver minhas ideias [sentimentos], precisarei recuar um pouco em relação a eles.

Os veteranos. 20. Os primeiros romanos combatiam pela glória e pela pátria. Após o cerco de Veiae,[28] passaram a receber um pagamento módico e, às vezes, recompensas, após os triunfos:[29] mas recebiam-nos como uma graça, e não como dívida. Terminada a guerra, cada soldado, voltando a ser cidadão, retirava-se para sua habitação, e depunha as armas, por ora obsoletas, prontificando-se a retomá-las ao primeiro chamado.

Quando Sila restaurou a tranquilidade da República, as coisas haviam mudado muito. Mais de três mil homens, acostumados à carnificina e ao luxo,[30] desprovidos de bens, de pátria ou de princípios, exigiam recompensas. Se o ditador fosse pagá-los em dinheiro, despenderia, segundo o soldo posteriormente

---

[28] Tito Lívio, *História de Roma*, IV, 59-60. (N.A.)
[29] Tito Lívio, *História de Roma*, XXX, 45 ss. e as *Tabelas* de Arbuthnot, p. 181 ss. (N.A.)
[30] Salústio, *Conjuração de Catilina*, 22. (N.A.)

estabelecido por Augusto,[31] o equivalente a 32 milhões de libras atuais, soma imensa em tempos mais prósperos, e muito acima do que poderia então arcar a república. Sila toma uma decisão, guiado mais pela necessidade de seu interesse particular que pelo bem do Estado: dá terras aos soldados. Quarenta e sete legiões se dispersam pela Itália. Fundam-se vinte e quatro colônias militares.[32] Ruinoso expediente! Misturados aos do solo, deixavam suas habitações em busca dos camaradas. Mantidos juntos, formavam um exército à disposição do primeiro sedicioso que surgisse.[33] Esses antigos guerreiros, entediados com o repouso, considerando indigno de si mesmos obter pelo suor o que lhes custaria um pouco de sangue,[34] dissipando seus bens com a devassidão, e esperando restaurar suas fortunas com uma nova guerra civil, atendem prontamente aos desígnios de Catilina.[35] Augusto, constrangido por semelhante embaraço, adota o mesmo plano e receia pelas mesmas consequências. A triste Itália ainda fumegava.

Des feux qu'a rallumés sa liberté mourante.[36]

Os insolentes veteranos haviam adquirido posses numa guerra sanguinária, e seus frequentes atos de violência mostram suficientemente que eles mantinham as armas empunhadas.[37]

---

[31] De três mil dracmas, ou dois mil sestércios, para o simples legionário, o dobro para o cavaleiro e para o centurião, o quádruplo para o tribuno. (N.A.) [Suprimimos o restante da nota, que contém um longo exame de pormenores monetários.]
[32] Tito Lívio, *História de Roma*, LXXXIX. (N.A.)
[33] Tácito, *Anais*, XIV. (N.A.)
[34] Tácito, *Germânia*, 41. (N.A.)
[35] Salústio, *Conjuração de Catilina*, 40, Cícero, *Catilinárias*, II, 9. (N.A.)
[36] Racine, *Mithriade*, ato III, cena I. (N.A.) ["Com os fogos que sua moribunda liberdade reacendera."]
[37] Virgílio, *Éclogas*, IX, 2 ss. (N.A.)

Finalidade de Virgílio.

21. Haveria algo mais condizente com a branda política de Augusto do que empregar os harmoniosos cantos de seu amigo para reconciliar, à nova ordem, esses espíritos turbulentos? Com esse fim, aconselhou-o a compor esta obra:

> *Da facilem cursum atque audacibus adnue coeptis*
> *Ignarosque viae, mecum miseratus agrestis*
> *Ingredere et votis jam nunc assuesce vocari*[38]

A agricultura tivera mais de cinquenta autores gregos a seu serviço;[39] os livros de Catão e de Varrão eram guias mais seguros, mais minuciosos e mais exatos do que poderia oferecer um poeta. Mais importante, porém, do que instruir os soldados nos princípios da agricultura, era inspirar neles o gosto pela vida campestre. Daí as tocantes descrições dos inocentes prazeres do campo [da vida rústica], de seus passatempos, de sua tranquilidade doméstica, de seus deliciosos retiros, por oposição às frívolas distrações dos homens e às suas ainda mais frívolas ocupações.

Encontram-se nesses quadros pinceladas vivas e incomuns, toques discretos e bem escolhidos, que mostram em Virgílio um gênio para a sátira, que uma ambição mais alta e um coração bondoso impediram-no de cultivar.[40] Que veterano não se reconheceria no velho Coriciano?[41] Como eles, acostumado às armas desde a juventude, encontra a felicidade

---

[38] Virgílio, *Geórgicas*, I, 40-42. ["Facilita-me o passo; anui-me à audaz empresa; / comigo ao camponês, que da ignorância é presa, / dá compaixão, põe luz; sê guia aos teus devotos!" Trad. Antonio Feliciano de Castilho, pp. 51-54. *As Geórgicas de Virgílio*. São Paulo: Heros, 1930.] (N.A.)

[39] Varro, *De re rustica*, I, 1. (N.A.)

[40] *Hic petit excidiis urbem, miserosque penates, / Ut gemma bibat, et Sarrano dormiat ostro*. Virgílio, *Geórgicas*, II, 505 ss. ["— Aquele uma cidade assola / dos lares surdo aos ais, tão só porque o consola / beber em seus festins por gemas superfinas, / e dormir estirado em colchas purpurinas."] Trad. Antonio Feliciano de Castilho, op. cit., pp. 619-22.] (N.A.)

41 Virgílio, *Geórgicas*, IV; V, 125 ss. (N.A.)

num retiro selvagem que os seus melhoramentos transformam em doce paraíso.[42]

Esse italiano, farto de uma vida cheia de apreensões e terrores, deplora, com Virgílio, os males da época, lamenta a queda de seu príncipe, deposto pela violência dos veteranos,

> *Ut cum carceribus sese effudere quadrigae,*
> *Addunt in spatium, et frustra retinacula tendens*
> *Fertur equis auriga, neque audit currus habenas.*[43]

e retorna ao trabalho, com a esperança de um novo século de ouro.

22. Visto sob esta luz, Virgílio não é mais um simples escritor que descreve ocupações rústicas. É um novo Orfeu, que empunha a lira para despir de sua ferocidade os selvagens e reuni-los por meio de maneiras e de leis.[44] — Seu êxito.

Seus cantos produziram essa maravilha. Os veteranos se acostumaram, sem que percebessem, ao repouso. Viveram em paz os trinta anos que correram antes que Augusto estabelecesse, não sem grandes dificuldades, um fundo militar para pagá-los em dinheiro.[45]

23. Aristóteles, que lançou luz sobre as trevas da natureza e da arte, é o pai da crítica. O tempo, cuja justiça é lenta, mas certa, pôs a verdade no lugar do erro, destruiu os estatutos — A crítica. Ideia da crítica.

---

[42] Era um dos piratas a que Pompeu dera terras. Veleio Patérculo, *História romana*, II, 56. (N.A.)

[43] Virgílio, *Geórgicas*, I, 512. ["Tais das prisões saltando as fervidas quadrigas / voam rivais na arena; arrastam seus aurigas; / e, senhoras de si, frenéticas, absurdas, / zombam da arte e do esforço, a freio e rédea surdas." Trad. Antonio Feliciano de Castilho, op. cit., pp. 653-57.] (N.A.)

[44] *Sylvestres homines facer interpresque deorum / caedibus et victu faedo deterruit Orpheus, / Dictus ob hoc lenire tigres rabidosque leonis.* Horácio, *Ars poetica*, 391 ss. ["Foi Orfeu, o sagrado intérprete dos deuses, quem afastou os homens selvagens do assassínio e do nefando pasto; por isso se dizia que ele amansara tigres e ferozes leões." Trad. Rosado Fernandes, Lisboa, s./d.] (N.A.)

[45] Tácito, *Anais*, I. Dionísio de Halicarnasso, *Antiguidades romanas*, IV. Suetônio, *Vidas dos Césares*, II, 49. (N.A.)

do filósofo, mas confirmou as decisões do crítico. Destituído de observações, Aristóteles ofereceu quimeras como fatos. Formado na escola de Platão, e nos escritos de Homero, de Sófocles, de Eurípides, e de Tucídides, extraiu suas regras da natureza das coisas e do conhecimento do coração humano. Ilustrou-as com exemplos junto aos mais excelentes modelos.

Dois mil anos se passaram desde Aristóteles. Os críticos aperfeiçoaram sua própria arte. Não chegaram, porém, a um acordo sobre o objeto de seus trabalhos. Os Le Clerc, os Cousin, os Desmaiseaux, os Sainte-Marthe,[46] cada um nos oferece uma definição diferente de crítica. Para mim, tais definições parecem ou demasiado parciais ou demasiado arbitrárias. A crítica é, segundo penso, a arte de julgar os escritos e os escritores; o que eles disseram, se o disseram bem, e se disseram a verdade.[47] Do primeiro desses ramos sai a gramática, o conhecimento das línguas e dos manuscritos, a decisão sobre a autenticidade das obras, o restabelecimento de passagens corrompidas. Toda a teoria da eloquência e da poesia é extraída do segundo ramo. O terceiro abre um campo imenso, o exame e a crítica dos fatos. Podem-se distinguir, na nação dos críticos, os críticos gramáticos, os críticos rétores e os críticos historiadores. As pretensões dos primeiros à exclusividade têm sido prejudiciais não somente ao seu próprio trabalho como também ao de seus confrades.

Materiais da crítica.

24. Tudo o que os homens foram; tudo o que o gênio criou; tudo o que a razão pesou; tudo o que foi compilado, eis o departamento da crítica. A justeza de espírito [a lucidez], a fineza, a penetração, são todas necessárias para exercer dignamente a crítica. Eu observo o literato em seu

---

[46] Jean le Clerc, *Ars critica*, I, 1. (N.A.)
[47] É preciso limitar essa verdade à verdade histórica, aos testemunhos, sem as opiniões. Esta última espécie de verdade é antes do foro da lógica que da crítica. (N.A.)

gabinete. Vejo-o cercado de produções de todos os séculos: sua biblioteca é lotada de volumes: seu espírito é esclarecido por eles, sem se sobrecarregar. Ele volta o olhar para todos os lados. Não negligencia nem mesmo o autor mais alheio ao que ele examina num determinado momento: um traço luminoso poderia se encontrar, que confirmaria as descobertas do crítico ou abalaria suas hipóteses. Termina aqui o trabalho do erudito. O filósofo atual [o leitor superficial] se limita a admirar a memória do compilador. E este é um tolo quando se deixa levar pelo elogio, pois toma os materiais pelo edifício mesmo.

25. Mas o verdadeiro crítico sente que sua verdadeira tarefa apenas começou. Ele pesa, combina, duvida, decide. Exato e imparcial, só se rende à razão, ou à autoridade, que é a razão na consideração dos fatos.[48] O nome mais respeitável cede, às vezes, ao testemunho de escritores cujo peso se deve unicamente às circunstâncias. Pronto e fecundo em seus recursos, mas sem falsa sutileza, o crítico ousa sacrificar a hipótese mais brilhante ou mais especiosa, e não interpela seus mestres com a linguagem da conjectura. Amigo da verdade, ele busca provas de gênero que convenha ao assunto, e contenta--se com elas. Não submete à análise delicadas belezas que se desmancham ao menor toque, tampouco se contenta com uma admiração estéril, mas vai fundo nos princípios [nas emoções] mais recônditos do coração humano, para explicar seus prazeres e seus desgostos. Modesto e sensato, ele não ostenta como verdades suas conjecturas, como fatos suas induções, como demonstrações suas verossimilhanças [suas probabilidades].

Operações do crítico.

26. Diz-se que a geometria é uma boa lógica, e acredita-se que assim se lhe tece um grande elogio: mais glorioso, porém,

A crítica, boa lógica.

---

[48] Vale dizer, a autoridade combinada com a experiência. (N.A.)

para as ciências, do que estender os limites do universo, é desenvolver ou aperfeiçoar o homem. E a crítica, não poderia reclamar para si o título de boa lógica? Tem esta vantagem: a geometria se ocupa de demonstrações que só dependem dela mesma: a crítica balança diferentes graus de verossimilhança [delibera entre diferentes graus de probabilidade]. É comparando tais graus que regulamos, todos os dias, nossas ações, e decidimos, por vezes, nossa sorte.[49] Coloquemos na balança certas verossimilhanças [probabilidades] que pertencem ao foro da crítica.

Controvérsias sobre a história de Roma.

27. Nosso século, que se acredita destinado a mudar todo gênero de leis, deu à luz um pirronismo histórico, útil e perigoso. O sr. De Pouilly, espírito brilhante e superficial, que citava mais do que lera, pôs em dúvida a certeza[50] dos fatos sobre os cinco primeiros séculos de Roma; mas sua imaginação, pouco afeita a tais pesquisas, cedeu facilmente à erudição e à crítica do sr. Freret e do abade Sallier.[51] O sr. De Beaufort retomou essa controvérsia, e a história romana recebeu diversos golpes de um escritor que sabia duvidar e sabia decidir.

Tratado entre Roma e Cartago.

28. Um tratado entre os romanos e os cartagineses tornou-se, em suas mãos, uma objeção de peso.[52] O referido tratado é citado por Políbio, historiador exato e esclarecido.[53] O original se encontrava, em sua época, em Roma. Mas esse documento autêntico contradiz todos os historiadores. Bruto e Horácio aparecem ali dividindo o consulado, embora Horácio o tenha

---

[49] Trata-se, principalmente, dos elementos da geometria e dos elementos da crítica. (N.A.)
[50] Uma definição clara da certeza sobre a qual se disputa poderia ter abreviado a controvérsia. "É a certeza histórica." Mas essa certeza varia de século para século. Creio na existência e nas ações de Carlos Magno: mas essa certeza não é como a que tenho dos feitos de Henrique IV. (N.A.)
[51] Ver *Mémoire de l'Académie des Belles-Lettres*, tomo VI, p. 14, 190. (N.A.)
[52] *Dissertation sur l'incertitude de l'histoire romaine*, pp. 33-46. (N.A.)
[53] Políbio, *História*, III, 22. (N.A.)

exercido após a morte de Bruto. Os romanos têm súditos que ainda eram seus aliados. Fala-se da frota marítima de um povo que só construiu suas primeiras embarcações na primeira guerra púnica, duzentos e cinquenta anos após o consulado de Bruto. Que conclusões fatais não se podem extrair dessas contrariedades? Pesam todas contra o historiador.

29. Essa objeção causou grande embaraço aos adversários do sr. Beaufort. Puseram em dúvida a autenticidade desse documento original. Alteraram sua data. Suponhamos que seja verossímil [provável] uma explicação que tentasse conciliar o documento e os historiadores. Separemos, para começar, a data do corpo do tratado. Este é do tempo de Bruto. Aquela é fornecida por Políbio ou por seus antiquários romanos. Os nomes dos cônsules não se liam nunca nos tratados solenes ou nos *foedera* consagrados em suas cerimônias religiosas. Somente os ministros dessa religião, os feciais, é que os assinavam, circunstância essa que distinguia os *foedera* dos *sponsiones*. Devemos esse detalhe a Tito Lívio.[54] Ele dissipa as dificuldades. Os antiquários tomaram os feciais por cônsules. E, sem que se dessem conta do equívoco, tais antiquários, de quem não se cobra precisão na explicação de documentos públicos, marcaram o ano da expulsão dos reis com os célebres nomes do fundador da liberdade e do fundador do capitólio. Pouco lhes importava se teriam ou não sido cônsules ao mesmo tempo.

Explicação do tratado.

30. Os povos de Ardea, de Antioum e de Terracina não foram súditos dos romanos, do contrário seria inteiramente

Os súditos dos romanos.

---

[54] *Spoponderunt consules, legati, quaestores, tribuni militium, nominaque eorum qui spoponderunt adhuc extant, ubi si ex foedere acta res effet praeterquam duorum fecialium non extarent.* Tito Lívio, *História de Roma*, IX, 5. ["Prestaram fiança os cônsules, os legados, os questores, os tribunos militares, e os nomes de todo esses fiadores foram conservados. Caso tivesse sido concluído o tratado, só teriam constado os nomes dos dois feciais." Trad. Paulo Matos Peixoto, *História de Roma*. São Paulo: Paumape, 1989, v. 2, pp. 209-10.] (N.A.)

falsa a ideia que os historiadores nos deram da extensão da República. Transportemo-nos para o século de Bruto, e extrairemos, da política dos romanos, uma definição do termo *aliado* muito diferente da nossa. Roma, embora fosse a mais recente colônia dos latinos, sempre quis reunir essa nação inteira sob suas leis. Sua disciplina, seus heróis e suas vitórias não tardaram a lhe dar uma superioridade inconteste. Robustos, os romanos souberam se valer da política com uma sabedoria digna de sua própria felicidade. Eles sabiam que se essas cidades não fossem inteiramente submetidas, elas não engrossariam as fileiras do exército, esgotariam os recursos da República e corromperiam as suas maneiras. Sob o especioso nome de *aliados*, fizeram que os vencidos amassem o seu jugo. Este consistia em reconhecer, de bom grado, Roma como a capital da nação latina, e ceder a ela um corpo de tropas em todas as guerras. A República retribuía com proteção, marca de soberania que custava bem caro aos vassalos. Esses povos eram ditos *aliados* de Roma, mas logo perceberam que não eram mais que seus escravos.[55]

31. Essa explicação diminui a dificuldade, mas poder-se-ia dizer que não chega a resolvê-la. Υπηκοοι, expressão de Políbio, se serve, significa súdito, no sentido próprio da palavra. Não contestaremos. Mas temos apenas a tradução do tratado em questão, e embora no que tange ao conteúdo possamos nos fiar, ainda que condicionalmente, nos copistas, suas expressões não devem ser tomadas literalmente. As associações de ideias são tão arbitrárias, as nuanças entre elas são tão tênues, as línguas são tão diferentes que o mais hábil tradutor, por mais que busque por expressões equivalentes, só encontra similares.[56] A linguagem do tratado era antiga.

---

[55] Tito Lívio, *História de Roma*, III, 4. O pretor Annius chama de *regnum impotens* o governo dos romanos. (N.A.)
[56] Ver Jean le Clerc, *Ars critica*, II, 2, 1-3. (N.A.)

Políbio se fiou nos antiquários de Roma. A vaidade destes os levou a aumentar o objeto. *Foederati* não significa aliados em pé de igualdade: traduzamos o termo por *súditos*.

32. A marinha dos romanos continua a ser um embaraço para nossos críticos. Políbio nos assegura que a esquadra de Duílio foi o primeiro ensaio deles no gênero.[57] Ora, se é assim, só posso concluir que Políbio está enganado, pois ele se contradiz. E mesmo que se admita seu relato, a história romana nem por isso desaba. Eis uma hipótese que explica esses fenômenos de maneira razoável — e isso é tudo o que se tem o direito de exigir de uma hipótese. Tarquínio oprime o povo e os soldados. Apropria-se do butim inteiro. Priva-os do gosto pelas expedições militares. Seus súditos equipam pequenos barcos, e realizam incursões pelo mar. A pequena república os patrocina, mas, com esse tratado, põe freio a suas depredações. Contínuas guerras, e os gastos com tropas de terra, fazem que se negligencie a marinha; e dentro de um século ou dois, sua existência será completamente esquecida.[58] Políbio se pronunciou em termos talvez muito gerais.

Sua marinha.

33. De resto, a primeira marinha dos romanos só pode ter sido composta por barcos de cinquenta remos. Galeno e Hiero construíram embarcações muito maiores.[59] Os gregos e os cartagineses os imitaram, e, na primeira guerra púnica, os romanos lançaram ao mar navios com três ou quatro fileiras de remos, até hoje admirados por nossos antiquários e engenheiros. Um armamento como esse só poderia apagar a memória dos grosseiros tateares de outrora.[60]

[57] Políbio, *História*, I, 20. (N.A)
[58] Não considero a frota que apareceu diante de Taranto. Creio que as embarcações pertenciam aos habitantes de Thuricum. Ver Freishemius, suplementos a Tito Lívio, *História de Roma*, XIII, 8. (N.A.)
[59] Arbuthnot, *Tabelas*, p. 225. Huet, *Histoire du commerce des anciens*, 21. (N.A.)
[60] Uma outra hipótese é oferecida pelo célebre sr. Freret. Ela atrai pela simplicidade, mas parece-me insustentável. Ver *Mémoires de l'Académie des Belles-Lettres*, tomo XVII, p. 102 ss. (N.A.)

Reflexões sobre essa disputa.

34. Defendi com prazer uma história útil e interessante. Mas quis sobretudo mostrar, com minhas reflexões, quão delicadas não são as discussões da crítica, pois nelas não se trata de apreender demonstrações, mas sim de pesar verossimilhanças [probabilidades] opostas, e quão necessário não é desconfiar dos sistemas mais especiosos e mais brilhantes, pois neles pouco se encontra que resista à prova de um exame livre e atento.

A crítica é uma prática, mas não uma rotina.

35. Esta nova consideração enreda a crítica em nova dificuldade. Algumas ciências são puro conhecimento: seus princípios são verdades especulativas e não máximas de conduta. É mais fácil compreender de maneira estéril uma proposição do que torná-la familiar, aplicá-la com justeza, servir-se dela como um guia nos estudos, ou como uma luz para realizar novas descobertas.

A marcha [arte] da crítica não é uma rotina [que se adquire com a prática]. Seus princípios gerais são verdadeiros, mas estéreis. Quem só conhece esses princípios há de se extraviar, queira segui-los, queira contrariá-los. O gênio, repleto de recursos, mestre das regras, mas mestre também da razão das regras, parece, muitas vezes, menosprezá-las. A nova e árdua rota que ele trilha parece se afastar delas: mas acompanha-o até o fim e verá nele um admirador das regras, um admirador esclarecido, dessas mesmas regras que estão na base de todo raciocínio e de toda descoberta. Que as ciências fossem todas *legum non bominum respublica*, tal seria o lote de um povo de sábios. A realização delas seria a felicidade desse povo: mas sabe-se muito bem que a felicidade dos povos e a glória daqueles que os esclarecem ou os governam são objetivos o mais das vezes muito diferentes, e mesmo opostos. Os sábios de primeira ordem [os campeões da literatura] não querem outra coisa além de estudos, que são como a lança de Aquiles, que não era feita senão para as mãos de um herói. Tentemos empunhá-la.

36. O legislador da crítica pronunciou que o poeta deve mostrar os heróis tais como a história os dá a conhecer: O poeta pode se afastar da história?

*Aut famam sequere aut sibi convenientia finge
Scriptor; Homereum*[61] *si forte reponis Achillen.
Impiger, iracundus, inexorabilis, acer,
Jura neget sibi nata, nihil non arroget armis.*[62]

Reduziríamos o poeta ao papel de um frio analista? Privaríamos sua arte do grande poder da ficção, do contraste, do choque de caracteres, das inesperadas situações em que tememos pelo homem ou admiramos o herói? Ou ainda, mais amigos da beleza que das regras, permitiríamos seus anacronismos só para evitar o tédio?

37. Encantar, enternecer, elevar o espírito, é o objetivo da poesia. Suas leis particulares, não se deve jamais esquecer, são meios destinados a ajudar essas operações, não a atrapalhá-las. Vimos que a filosofia, encrespada de demonstrações, dificilmente poderia adotar ideias de aceitação comum; mas, sem estas, poderia ser agradável a poesia? Temos prazer em rever os heróis e os eventos da Antiguidade: e quando eles surgem travestidos, produzem surpresa, mas uma surpresa que choca, pela novidade. Um autor que queira arriscar uma mudança qualquer deve refletir se a beleza que ele cria, seja ela profunda ou ligeira, compensa a violação de leis. Só assim ele pode justificar seu atentado. A lei, e sua razão.

---

[61] Ver Bentley e Sanadon, sobre o verso 120 da *Ars poetica* de Horácio. (N.A.)
[62] Horácio, *Ars poetica*, v. 119 ss. ["Segue, ó escritor, a tradição ou imagina caracteres bem apropriados: se acaso repuseres em cena o glorioso Aquiles, fá-lo ativo, colérico, inexorável e rude, que não admite terem sido criadas as leis também para ele e nada faça que não confie à força das armas." Trad. Rosado Fernandes.] (N.A.)

Os anacronismos de Ovídio nos desagradam.[63] Corrompem a verdade sem enfeitá-la. Bem diferente é o caráter do Mezêncio de Virgílio. Esse príncipe é morto pela espada de Ascânio.[64] Mas que leitor frio e insensível, o que desse atenção a essa circunstância, quando vê Enéas, ministro da vingança celeste, tornar-se o protetor das nações oprimidas, abater o tirano com o raio de sua ira e derreter-se de comiseração pela infeliz vítima de seu ressentimento, o jovem e piedoso Lausus, que merecia um pai melhor e um destino melhor? Que belezas a história não subtrai ao poeta! Encorajado por seu êxito, ele abandona a história justamente quando precisaria segui-la. Enéas chega por fim à tão ansiada Itália; os latinos acodem em defesa de suas habitações, tudo parece anunciar o mais sangrento combate.

Déjà de traits en l'air s'élevait un nuage;
Déjà coulait le sang, prémices du carnage.[65]

O nome de Enéas faz os inimigos deporem suas armas. Receiam combater esse guerreiro, cuja glória se eleva das cinzas de sua pátria. Recebem de braços abertos o príncipe, por tantos oráculos anunciado, que traz consigo da Ásia seus deuses, uma raça de heróis, e a promessa do império do universo. Latinus lhe oferece asilo, e a mão de sua filha.[66] Que lance de teatro! Digno da majestade da epopeia, e da pluma de Virgílio! Que se o compare, quem puder, à missão

---

[63] Em matéria de geografia e de cronologia, não devemos nos fiar na autoridade de Ovídio, poeta que ignorava completamente essas duas ciências. Leia-se sua descrição das viagens de Medeia, *Metamorfoses*, VII, pp. 350-402, e XIV. Aquele está repleto de erros de geografia, uma tortura para os comentadores; este é cheio de imprecisões cronológicas. (N.A.)

[64] Virgílio, *Eneida*, IV, v. 620. Dionísio de Halicarnasso, *Antiguidades romanas*, I. (N.A.)

[65] Racine, *Ifigênia*, V, cena final. ["Já se levantava no ar um enxame de dardos, / Já escorria o sangue, prenúncios da carnificina."] (N.A.)

[66] Tito Lívio, *História de Roma*, I, 1. (N.A.)

diplomática de Ilioneus, ao palácio de Latinus, e ao discurso do monarca.[67]

38. Que o poeta, repito, ouse arriscar, desde que o leitor encontre sempre, em suas ficções, o mesmo grau de prazer que a verdade e a consistência lhe ofereceriam. Que ele não subverta os anais de um século para introduzir uma antítese. A invenção não consideraria demasiado severa essa lei, se refletisse que o sentimento pertence a todos os homens, que os conhecimentos pertencem a uns poucos, e que o belo age mais potente sobre a alma do que o verdadeiro sobre o espírito. Que ela se lembre, portanto, que há liberdades que ninguém jamais poderia perdoar. A imaginação forte de um Milton, a versificação harmoniosa de um Voltaire, não nos fariam aceitar um César covarde, um Catilina virtuoso, Henrique IV vencendo os romanos. Vale dizer que, ao associarmos nossas ideias, os caracteres dos grandes homens são sagrados; mas os poetas podem escrever a história deles menos como foi do que como deveria ter sido; uma inovação choca menos que alterações essenciais, pois estas supõem o erro, aquelas uma simples ignorância; e, por fim, é mais fácil aceitar alterações de tempo que de lugar.

Esclarecimentos e restrições.

Deve-se, porém, ter indulgência em relação a séculos mais distantes, em que a cronologia depende, quase que inteiramente, dos poetas, que a moldam a seu bel-prazer. Quem contestar o episódio de Dido ou tem mais filosofia ou tem menos gosto do que eu.[68]

---

[67] Virgílio, *Eneida*, VII, pp. 148-285. (N.A.)
[68] Há dúvidas, porém, de que esse episódio seria mesmo inconciliável com a verdade cronológica. De acordo com o plausível sistema de sir Isaac Newton, Enéas e Dido teriam sido contemporâneos (*Cronologia reformada dos reinos antigos*, p. 32). Os romanos certamente conheciam melhor que os gregos a história de Cartago. Os arquivos de Cartago haviam sido removidos para Roma (*História universal*, vol. XVIII, p. 111). A língua púnica era bem conhecida em Roma (Plauto, *Poenulus*, VI, 1). Os romanos indagavam aos africanos sua origem (Salústio, *Guerra do Jugurta*, 17; Amiano Marcelino, XXII, *Mémoire*

As ciências naturais.

39. Mais se aprofundam as ciências, mais clara a ligação entre elas. São como uma imensa floresta. À primeira vista, as árvores que a formam parecem todas isoladas; mas, escavando-se o solo, descobre-se que as raízes se misturam. Não há estudo, por irrelevante ou obscuro que seja, que não ofereça fatos, que não abra perspectivas, que não levante objeções ao mais sublime e elevado dos conhecimentos. Agrada-me muito essa consideração. É preciso mostrar às diferentes nações e às diferentes profissões seus deveres recíprocos. Mostre ao inglês as vantagens do francês; mostre ao físico os recursos que a literatura lhe oferece; o amor-próprio compensará o que você suprimiu em nome da discrição. Assim a filosofia se espalha: ganha o gênero humano. Os homens eram rivais: agora são irmãos.

Ligação entre a física e a literatura.

40. Em todas as ciências, apoiamo-nos sobre os raciocínios e sobre os fatos. Sem os últimos, nossos estudos seriam quiméricos; sem os primeiros, não seriam mais do que cegos. As belas-letras são miscelâneas. Todos os ramos do estudo da natureza, que muitas vezes, sob a aparência de algo menor, escondem coisas de real importância, também o são. Se a física tem o seu Buffon, ela tem também (para falarmos na linguagem de nossa época) os seus *eruditos*. O conhecimento da Antiguidade oferece, a uns e a outros, uma rica colheita de fatos, que ajudam a desvelar a natureza, ou ao menos impedem que se tomem nuvens por deuses. Que luz o médico não encontraria, na descrição da peste que devastou Atenas? Eu admiro, com ele, a majestosa força de Tucídides,[69] a arte e a energia de Lucrécio;[70] mas ele vai

---

de l'*Académie des Belles-Lettres*, tomo IV, p. 464). De resto (e é o suficiente para desculparmos o poeta) Virgílio adota uma cronologia mais conforme às suposições de Newton do que às de Eratóstenes. (N.A.) [Suprimimos o restante da nota, que contém uma longa discussão sobre dados de cronologia.]

[69] Tucídides, *Guerra do Peloponeso*, I. (N.A.)
[70] Lucrécio, *De rerum natura*, VII, v. 1136 ss. (N.A.)

mais longe: estuda, nos males dos atenienses, os de seus concidadãos.

Sei que os antigos pouco se aplicaram às ciências naturais; que, destituídos de instrumentos e isolados em suas pesquisas, não puderam reunir senão um pequeno número de observações, misturadas a muitas incertezas; sei que poucas delas chegaram até nós, e que se encontram dispersas ao acaso, em numerosos volumes:[71] deveríamos por isso ignorá--las? A atividade do espírito humano se excita, confrontada com dificuldades. E seria estranho que a necessidade fosse mãe da negligência.

41. Mesmo os mais zelosos partidários dos modernos não negariam, creio eu, que os antigos tinham recursos de que carecemos. Penso, por exemplo, nos sangrentos espetáculos dos romanos. O sábio Cícero os detestava e os menosprezava.[72] Considerava a solidão e o silêncio mais valiosos que essas obras-primas de extravagância, de horror e de mau gosto.[73] Com efeito, o prazer da carnificina é coisa digna de um bando de selvagens. E só pensaria em elevar palácios para hospedar caçadas de feras um povo que preferisse as decorações aos belos versos, o maquinário às requintadas situações dramáticas.[74]

Vantagens das ciências. Espetáculos em anfiteatros.

---

[71] O sr. Freret considera que as observações filosóficas dos antigos são mais exatas do que geralmente se pensa. Quem conhece o gênio e as luzes [os argumentos e os talentos] desse autor sabe o peso que tem a sua autoridade. Ver *Mémoire de l'Académie des Belles-Lettres*, tomo XVIII, p. 97. (N.A.)

[72] Cícero inveja a sorte de seu amigo Mario, que passou no campo os dias em que transcorreram os magníficos jogos patrocinados por Pompeu. Refere-se com muito desdém a todos os espetáculos, sobretudo aos combates de feras selvagens. *Reliquae sunt venationes, binae per dies quinque; magnifice, nem negat, sed quae potest homini esse polito delectatio, cum aut homo imbecillus à valentissima bestia laniatur aut praeclara bestia venabulo transverberatur. Ad familiares*, VII, 1. ["Tivemos ainda as feras selvagens, duas caçadas por dia, ao longo de cinco dias. Magnífico, não há como negar. Mas que prazer poderia ter um homem polido em ver um guerreiro sendo trucidado por uma poderosa fera ou uma fera ser atravessada por uma lança?"] (N.A.)

[73] Cícero, *Ad familiares*, VII, 1. (N.A.)

[74] Horácio, *Epístolas*, II, 1, v. 187. (N.A.)

Assim eram os romanos: suas virtudes, seus vícios, até seus ridículos, estavam todos ligados ao princípio que os dominava, o amor à pátria.

Esses espetáculos, no entanto, tão afrontosos aos olhos do filósofo, tão frívolos aos do homem de gosto, não poderiam senão ser preciosos para o naturalista. Diferentes partes do mundo eram saqueadas para fornecer objetos a essas diversões, os tesouros dos ricos e a influência dos grandes eram empregados para encontrar criaturas singulares [notáveis] por sua figura, por sua força, ou por sua raridade, e levá-las ao anfiteatro de Roma, onde o animal era exibido em ação.[75] Uma escola como essa só poderia ser admirável, sobretudo para a parte mais nobre da história natural, que se aplica mais ao estudo da natureza e das propriedades dos animais do que à descrição de seus ossos ou de suas cartilagens. Lembremo-nos que Plínio frequentou essa escola, e que a ignorância tem dois filhos, a incredulidade e a fé cega. Não defendamos menos nossa liberdade contra uma do que contra a outra.

Países em que os antigos físicos estudavam a natureza.

42. Se deixarmos esse teatro para entrar em outro, mais vasto, e examinarmos quais países se ofereciam às pesquisas dos naturalistas e dos físicos da Antiguidade, veremos que, quanto a isso, não tinham do que se queixar.

É verdade que a navegação nos abriu um novo hemisfério; mas também é verdade que a descoberta de um marinheiro e a viagem de um mercador nem sempre esclarecem o mundo na mesma medida em que o enriquecem. Os limites do mundo conhecido são mais estreitos que os do mundo material; e as fronteiras do mundo esclarecido são ainda mais cerradas. Nos tempos de Plínio, de Ptolomeu e de Galeno, a Europa, hoje sede das ciências, também o era; mas a Grécia, a Ásia, a Síria, o Egito, a África, terras cheias de maravilhas da natureza,

---

[75] Ver *Ensaios* de Montaigne, v. III, p. 140. (N.A.)

estavam repletas de olhos dignos de observá-las. Esse vasto corpo era unido por uma mesma paz, pelas mesmas leis e por uma mesma língua. O africano e o bretão, o espanhol e o árabe se encontravam na capital, e se instruíam um ao outro. Trinta entre os principais de Roma, frequentemente homens de luzes próprias, em todo caso acompanhados de auxiliares esclarecidos, eram enviados da capital, todos os anos, para governar as províncias, e por pouco curiosos que fossem, sua autoridade aplainava os caminhos para a ciência.[76]

43. Foi sem dúvida com seu sogro que Tácito aprendeu que a Grã-Bretanha havia sido inundada pelo oceano, o que teria transformado o país num grande pântano.[77] Herodiano confirma esse fato.[78] No entanto, hoje, em alguns lugares, o terreno de nossa ilha é bastante elevado.[79] Poderíamos elencar esse fato entre os que confirmam o sistema da redução do nível dos mares? Haveria, entre as obras dos homens dessa época, algo que pudesse liberar a terra do jugo do oceano? As feitorias no pântano de Pomptina[80] e em poucos outros nos dão uma ideia de que suas capacidades teriam sido bem exíguas.

A Grã-Bretanha, inundada pelo oceano.

---

[76] Ver Estrabo, XVII, p. 816, ed. Casaub. (N.A.)
[77] Tácito, *Vida de Agrícola*, 10. (N.A.)
[78] Herodiano, *História*, III, 47. (N.A.)
[79] Tácito se exprime de maneira enfática: *Unum addiderim nusquam latius dominari mare multum fluminum huc atque illuc ferri, nec littore tenus accrescere aut resorberi, sed influere penitus atque ambire; etiam jugis atque montibus influere velut in suo.* ["Eu acrescentaria apenas que em nenhuma outra parte do império tem o mar um domínio tão amplo, com tantas correntes, em todas as direções, com marés que não se restringem aos limites das praias, mas penetram terra adentro, até as montanhas, como se estas fossem parte do seu domínio." *Agrícola*, I, 10.] (N.A.)
[80] O cônsul Cethegus drenou esse pântano. Na época de Júlio César, entretanto, o terreno estava novamente encharcado. O ditador tinha a intenção de drená-lo. Parece que Augusto o fez, mas duvido que suas obras tenham sido mais bem-sucedidas que as primeiras. Plínio continua a falar em pântano. Horácio, de certa maneira, previu que seria assim: *Debemur morti nos nostraque.* [*Ars poetica*, 63. "Nós e as nossas obras estamos fadados para a morte!". Trad. Rosado Fernandes.] Tito Lívio, *História de Roma*, suplemento de Freinshemius, XLVI, 44. Suetônio, *Vidas dos Césares*, I, 44. Plínio, *História natural*, III, 5. (N.A.)

Como quer que seja, contento-me em fornecer os materiais, deixando para os físicos que resolvam a questão. Não é com os antigos que se aprende a nada examinar a fundo, a não passar da superfície das coisas, a falar com mais segurança a respeito do que menos se sabe.

<small>O espírito filosófico.</small>

44. "Depois do espírito de discernimento, o que há de mais raro no mundo (diz o judicioso La Bruyère) são as pérolas e os diamantes." Coloco sem hesitar o espírito filosófico

<small>Pretensões a esse talento.</small>

antes do espírito de discernimento. É a coisa do mundo mais alardeada, mais ignorada e mais rara. Não há escritor que não aspire a ele, ou que não sacrificaria a ciência para obtê--lo. Pressione um pouco alguém assim, e ele confessará que o juízo severo embaraça as operações do gênio: mas garantirá que esse espírito filosófico que brilha em seus escritos responde pelo caráter do século em que vivemos. O espírito filosófico de um pequeno número de homens formou, ele dirá, o espírito do século. Este se disseminou por todas as partes do estado e preparou, assim, sucessores dignos dos eminentes mestres.

<small>O que esse espírito não é.</small>

45. Se passarmos, contudo, os olhos pelas obras de nossos sábios, a sua diversidade nos deixará na incerteza a respeito da natureza desse talento, o que poderá levantar, injustificadamente, dúvidas de que compartilhariam dele. Em alguns, ele consiste na disposição de rasgar novos caminhos, de pôr abaixo toda opinião dominante, seja ela de Sócrates ou de um inquisidor português, pela única razão de que é dominante. Em outros, esse espírito se identifica com a geometria, essa rainha imperiosa, que, não contente em reinar, prescreve suas irmãs e declara todo raciocínio indigno desse nome que não se desenvolva em linhas ou em números. Façamos justiça a esse espírito destemido, cujos erros por vezes conduzem à verdade, e cujos excessos mesmos, como as

rebeliões dos povos, inspiram nos déspotas um temor salutar. Reconheçamos tudo o que devemos ao espírito geométrico: mas busquemos pelo espírito filosófico, mais sábio que o primeiro, mais universal que o último.

46. Quem estiver familiarizado com os escritos de Cícero, de Tácito, de Bacon, de Leibniz, de Bayle, de Fontenelle, de Montesquieu, terá uma ideia do espírito filosófico tão justa e ainda mais perfeita do que aquela que tentarei traçar. *No que consiste esse espírito.*

O espírito filosófico consiste no poder de remontar a ideias simples, de apreender e combinar princípios primeiros. O golpe de vista daquele que o possui é justo e, ao mesmo tempo, abrangente. Da posição elevada em que se encontra, ele abarca um campo extenso, do qual forma uma imagem nítida e única, enquanto espíritos tão justos quanto o seu, mas limitados, não descobrem senão uma parte do todo. Ele pode ser geômetra, antiquário, músico, mas é sempre filósofo, e, por força de penetrar os primeiros princípios de sua arte, é superior. Seu lugar é entre o pequeno número de gênios que trabalham arduamente na formação dessa ciência primeira, que, se chegasse à perfeição, submeteria todas as outras. Nesse sentido, tal espírito é bem pouco comum. Há muitos gênios capazes de receber ideias particulares com justeza; poucos conseguem conter, numa única ideia abstrata, um numeroso conjunto de outras ideias, menos gerais.

47. Que estudo poderia formar esse espírito? Não sei de nenhum. Dom celeste, a grande maioria o ignora ou o menospreza; uns poucos o recebem; ninguém o adquire: mas creio que o estudo da literatura, esse hábito de se tornar, alternadamente, grego, romano, discípulo de Zenão ou de Epicuro, é muito propício a desenvolver e a exercer esse espírito. É notável, em meio à infinita diversidade de gênios há uma conformidade geral de sentimento entre aqueles que, *O auxílio que ele pode obter junto à literatura.*

em seus respectivos séculos, países, ou religiões, chegaram a uma maneira muito similar de abordar os mesmos objetos. As almas mais isentas de preconceitos não se desfazem deles por completo. Suas ideias têm um ar de paradoxo, e percebemos, ao quebrar os elos que as compõem, que trazem a marca de preconceitos. Entre os gregos, busco pelos que saúdam a democracia; entre os romanos, por entusiastas do amor pátrio; entre os súditos de Cômodo, de Severo ou de Carcalla, por apologistas do poder absoluto; e, junto ao epicurista antigo,[81] pela condenação da religião. Que espetáculo, para um espírito verdadeiramente filosófico, ver as opiniões mais absurdas serem aceitas nas nações mais esclarecidas! Bárbaros chegarem ao conhecimento das mais sublimes verdades; consequências verdadeiras, mas pouco justas, extraídas dos princípios mais errôneos; princípios admiráveis, que aproximam da verdade mas não conduzem a ela; a linguagem formada sobre as ideias, as ideias justificadas pela linguagem; as fontes da moral, por toda parte as mesmas; as opiniões da contenciosa metafísica, sempre diferentes, via de regra extravagantes, nítidas somente quando superficiais, sutis, obscuras, incertas, todas as vezes que se pretendem profundas. Uma obra filosófica escrita por um iroquês, por repleta de absurdos que fosse, seria uma produção inestimável. Ofereceria uma experiência única da natureza do espírito humano, em circunstâncias que nunca experimentamos, dominado por maneiras e por opiniões religiosas totalmente contrárias às nossas. Poderíamos nos surpreender e nos instruir com a contrariedade de ideias que daí nasceria; buscaríamos suas razões; acompanharíamos a alma de erro em erro. Poderíamos reconhecer, com prazer,

---

[81] Epicuro mal tornara públicas suas doutrinas e já havia quem se referisse abertamente à religião dominante como mera instituição. Ver Lucrécio, *De rerum natura*, I, v. 62 ss. Salústio, *Conjuração de Catilina*, 51. Cícero, *Pro Cluentio*, 61. (N.A.)

alguns de nossos princípios, descobertos, porém, por outras rotas, quase sempre modificados e alterados. Aprenderíamos não somente a admitir como também a sentir a força de nossos preconceitos, a não nos surpreendermos com o que parece ser mais absurdo, e a desconfiarmos do que parece mais bem estabelecido.

Agrada-me ver os juízos dos homens adquirirem a tintura de suas preconcepções, e ver que eles não conseguem extrair, de princípios que reconhecem como justos, conclusões que sentem ser as mais exatas. Agrada-me surpreendê-los detestando no bárbaro o mesmo que admiram no grego, qualificando de ímpia a mesma história pagã que na boca do judeu é sagrada.

Sem o conhecimento filosófico da Antiguidade, seríamos induzidos a honrar em demasia o gênero humano. O império do costume nos seria quase desconhecido. Confundiríamos a todo momento o incrível e o absurdo. Os romanos eram esclarecidos; no entanto, esses mesmos romanos não se chocavam ao ver reunida, na pessoa de César, um deus, um pai e um ateísta.[82] César viu templos serem erguidos à sua clemência.[83] Recebeu, como Rômulo, a devoção da nação.[84] Sua estátua era posta, nos festivais sagrados, ao lado daquela de Júpiter, que ele mesmo estava prestes a invocar.[85] Farto de toda essa pompa, ele buscava

---

[82] Ateu, por negar senão a existência pelo menos a providência divina. Pois César era epicurista. Aqueles que queiram ver como um homem de espírito pode tornar obscura uma verdade clara lerão com prazer as dúvidas que o sr. Bayle lança sobre os sentimentos de César. Ver *Dictionnaire critique et historique*, artigo "César". (N.A.)

[83] Ver *Mémoires de l'Académie des Belles-Lettres*, tomo I, p. 369 ss. (N.A.)

[84] Cícero, *Ad Atticus*, XII, 46 ss.; XIII, 28. (N.A.)

[85] César era pontífice soberano, sacerdócio que era para os imperadores mais que um mero título. As belas dissertações do sr. De la Bastie sobre o pontificado dos imperadores convencerão os incrédulos, se é que os há. Consulte-se em especial a terceira dessas peças, na *Mémoire de l'Académie des Belles-Lettres*, tomo XV, p. 39. (N.A.)

a companhia de Pansa e Trebatius, para com eles rir da credulidade do povo e das mesmas deidades que eram efeito e objeto de seu terror.[86]

> A história é a ciência das causas e efeitos.

48. A história, para um espírito filosófico, é como o jogo para o marquês de Dangeau.[87] Ele via um sistema, relações, sequencias, ali, onde os outros não discerniam senão caprichos da fortuna. Essa ciência, para o filósofo, é a ciência das causas e efeitos. Vale a pena expor algumas de suas regras, não para orientar o gênio, mas para impedir seus extravios. O respeito por elas pode evitar que se tome sutileza por fineza de espírito, obscuridade por profundidade, ares de paradoxo por gênio criador.

---

[86] Lucrécio, nascido com aquele entusiasmo da imaginação que forma poetas e missionários, queria ser ambas as coisas. Pobre do teólogo que não consiga mostrar indulgência pelo missionário em benefício do poeta! Esse filósofo, que provou a divindade a despeito de si mesmo, ao atribuir os fenômenos da natureza a causas gerais, investiga como veio a ser aceita a noção que ele contesta. Ele oferece três razões. 1. Nossos sonhos, pois em sonhos concebemos seres e efeitos que nunca encontramos no mundo material, e a eles atribuímos existência real e poder imanente. 2. Nossa ignorância das operações da natureza, o que nos leva, a cada ocasião, a recorrer à interferência divina. 3. Nosso medo, que é o efeito dessa ignorância: que nos induz a nos submetermos às calamidades que medram na face da terra e nos excita a tentar apaziguar, com nossas preces, algum ser invisível que supostamente nos ameaça. Lucrécio expressa este último motivo com um estilo tão enérgico e rápido que nos captura e não nos dá chance de avaliar o que ele diz. *Praetera cui non animus formidine Divum, / Contrahitur? Cui non conrecunt membra pavore, / Fulminis horribili cum plaga torrida tellus / Contremit, et magnum percurrunt murmura celum? / Non populi, gentesque tremunt? Regesque superbi / Conripiunt divum perculsi membra timore, / Ne quod ob admissum foede dictumve superbe / Paenarum grave fit solvendi tempus adactum.* ["Além disso, a quem se não aperta o ânimo com o pavor dos deuses, a quem se não arrepiam de medo os membros, quando a terra abrasada treme toda por força do choque horrível dos raios, quando os rugidos percorrem todo o céu? Não tremem os povos e as nações, não encolhem seu corpo os reis soberbos, tomados pelo pavor dos deuses, com o receio de que tenha chegado o terrível tempo de sofrer castigo por algum crime vergonhoso ou por uma palavra insolente?" Trad. Agostinho da Silva, 1219-1226. São Paulo: Abril Cultural, 1973 (Col. Os pensadores).] (N.A.)

[87] Fontenelle, *Éloge du marquis de Dangeau.* (N.A.) [Philippe de Courcillon de Dangeau, jogador de cartas notório por sua habilidade. Membro da Academia Francesa em 1688, relaciona-se com Boileau e La Bruyère. A expressão "jouer à Dangeau" é utilizada em francês para denotar rara destreza no manejo das cartas. D'Alembert também redigirá, em 1771, um *Éloge de d'Angeau.*]

49. Entre a multidão dos fatos, há aqueles, e são muitos, que nada provam além de sua própria existência. Há outros que podem ser citados numa conclusão parcial, que facultam ao filósofo julgar os motivos de uma ação ou um traço de caráter: que iluminam uma cadeia de ideias. Os que predominam no sistema geral, que estão intimamente ligados a ele e põem em movimento as molas da ação, são muito raros; mais raro ainda é encontrar espíritos que conseguem entrevê-los, no vasto caos dos eventos, e extraí-los puros, sem mistura.

Regras para escolher os fatos.

Para quem tem mais juízo do que erudição, pode parecer desnecessário advertir que as causas devem ser sempre proporcionais aos efeitos, que do caráter de um homem não se deve extrair o caráter do século, que não se deve buscar, numa única empreitada, violenta e destrutiva, a medida das forças de um estado, que é apenas reunindo que se pode julgar, que um fato extraordinário pode brilhar como um clarão, mas é pouco instrutivo se não for comparado a outros de mesma espécie. O povo romano mostrou, ao eleger Catão, que preferia ser corrigido a ser bajulado,[88] no mesmo século em que condenou a severidade viril na pessoa de Livius Salinator.[89]

50. Privilegie os fatos que por si mesmos formam um sistema àqueles que possa descobrir após ter concebido um sistema [uma hipótese]. Prefira sempre as ocorrências triviais aos fatos brilhantes. Vale para um século ou para uma nação o que vale para um homem. Alexandre se desvela mais na tenda de Dario que nos campos de Guagmela.[90] Reconheço mais prontamente a ferocidade dos romanos ao vê-los condenar um infeliz no anfiteatro do que ao vê-los estrangular um rei cativo no capitólio. Bagatelas dispensam adereços. Despimo--nos quando esperamos não sermos vistos; mas o curioso

Importância das ocorrências triviais.

---

[88] Tito Lívio, *História de Roma*, XXXIX, 40. Plutarco, "Vida de Catão". (N.A.)
[89] Tito Lívio, *História de Roma*, XXIX, 37. (N.A.)
[90] Quinto Cúrcio, *História de Alexandre*, III, 32. (N.A.)

Diferença entre virtude e vício.

se imiscui nos esconderijos mais secretos. Para decidir se a virtude triunfava junto a um povo, eu observo antes as suas ações que os seus discursos. Para condená-lo como vicioso, presto mais atenção a seus discursos do que a suas ações. Louvamos a virtude sem conhecê-la; conhecemo-la sem senti--la; sentimo-la sem praticá-la; mas é bem diferente com o vício. A ele chegamos pela paixão; justificamo-lo por refinamento. De resto, há sempre, e em toda parte, criminosos de vulto: mas se a corrupção não é generalizada, mesmo eles respeitam o século. Se o século é vicioso (e o criminoso o percebe como ninguém), desprezam-no, mostram-se abertamente como são, zombam de punições amenas. Nunca se enganam a respeito. Quem no século de Catão detestasse o vício se contentaria no de Tibério em amar a virtude.

Século de Tibério, o mais vicioso de todos.

51. Escolhi o século de Tibério deliberadamente. O vício chegou então ao apogeu. É o que me mostra a corte do imperador, e, sobretudo, um fato trivial, conservado por Suetônio e por Tácito. Ei-lo. A virtude dos romanos punia com a morte a infidelidade das esposas.[91] Sua política permitia a libertinagem das cortesãs.[92] Para regrar essa

---

[91] Os romanos confiavam a virtude de suas esposas aos cuidados da família. Esta se reunia, julgava a acusada, e, se fosse culpada, condenava-a à morte e executava a sentença. A lei concedia ainda indulto ao marido ou ao pai que, na fúria de uma paixão, matasse o galante, especialmente de classe inferior. Ver Plutarco, "Vida de Rômulo". Dionísio de Halicarnasso, *Antiguidades romanas*, VII. Tácito, *Anais*, XIII. Valério Máximo, *Feitos e ditos memoráveis*, VI, 3-7. (N.A.)

[92] O discurso de Mício em Terêncio, a maneira como Cícero desculpa a lassidão de seu cliente, e as exortações de Catão mostram bem a moral dos romanos a esse respeito. Só condenavam a devassidão quanto esta desviava o cidadão de seus deveres essenciais. Seus ouvidos não eram menos castos que suas ações. Poucos conhecem a *Casina* de Plauto, mas os que leram essa miserável peça não concebem que quarenta ou cinquenta anos a separam da *Andria*. Consiste numa vil intriga de escravos, cujo ponto alto são tiradas e obscenidades dignas dessa gente. Tal era, contudo, a comédia de Plauto que se assistia com mais prazer e se recebia com aplauso mais vibrante. Tais eram as maneiras na época da segunda guerra púnica, dessa virtude tão admirada pela posteridade da antiga Roma, que tanto lamentava a sua perda. Ver Terêncio, *Adelfia*, I, 2, v. 38. Cícero, *Pro Celio*, 17. Horácio, *Sátiras*, I, 2, v. 29. Plauto, *Prólogo a Casina*. (N.A.)

desordem, eram um corpo licenciado. Sob Tibério, um grande número de mulheres de distinção não hesitou em se inscrever publicamente, junto aos edis, para serem admitidas entre as privilegiadas cortesãs, e, assim, à custa da própria infâmia, romper a barreira que as leis opunham à sua prostituição.[93]

52. Escolher os fatos que devem ser os princípios de nossos raciocínios: percebe-se que a tarefa não é fácil. A negligência ou o mau gosto de um historiador podem por a perder, para sempre, um traço único, para atordoar-nos com o ruído de um combate. Se os filósofos nem sempre são historiadores, seria ao menos desejável que todos os historiadores fossem filósofos.

Paralelo de Tácito e Tito Lívio.

Não conheço outro além de Tácito que responda à ideia que tenho do historiador filosófico. A esse respeito, o interessante Tito Lívio não se compara a ele. Ambos souberam se elevar acima dos compiladores grosseiros, que não veem nos fatos nada além de fatos: mas enquanto um escreveu a história como rétor, o outro a escreveu como filósofo. Não é que Tácito tenha ignorado a linguagem das paixões ou Tito Lívio a da razão: mas este último, mais dedicado a agradar que a instruir, vos conduz, passo a passo, atrás de seus heróis, e vos faz experimentar, alternadamente, o horror, a admiração, a piedade. Tácito não se serve do império da eloquência sobre o coração a não ser para ligar, diante de vossos olhos, a cadeia dos eventos, e preencher vossa alma com as mais sábias lições. Escalo os Alpes junto com Aníbal; mas delibero no conselho que se reúne em torno de Tibério. Tito Lívio pinta o abuso do poder; uma severidade que a natureza aprova, com um frêmito; o espírito de vingança e de patriotismo, que constitui o da liberdade, e a tirania que tomba sob sua investida:[94]

---

[93] Suetônio, *Vidas dos Césares*, III, 35. Tácito, *Anais*, II, 85. (N.A.)
[94] Tito Lívio, *História de Roma*, III, 44-60. (N.A.)

mas as leis dos decênviros, o caráter delas, seus defeitos, sua conveniência ao gênio do povo romano, ao partido dos legisladores, aos seus ambiciosos planos; ele as esquece por completo. Eu simplesmente não sei, pela leitura de Tito Lívio, como essas leis, feitas para uma república pequena, pobre, semisselvagem [semicivilizada], modificaram por completo a própria República, quando a força que mostraram, desde a instituição, levou-a ao topo da grandeza. Uma explicação como essa, eu encontraria em Tácito. E se digo isso, não é só pela conhecida têmpera de seu gênio, mas também pelo quadro, enérgico e variado, que ele oferece das leis, filhas da corrupção, da liberdade, da equidade e da facção.[95]

Observação sobre uma ideia do sr. D'Alembert.

53. Não sigamos, em absoluto, o conselho do sr. D'Alembert, escritor, como Fontenelle, dotado de saber e gosto. Eu me oponho, sem medo de ser taxado de erudito, à sentença pela qual esse juiz esclarecido, mas severo, ordena que, no fim de cada século, reunamos todos os fatos, escolhamos alguns, e lancemos o resto às chamas.[96] Conservemos todos, preciosamente. Um Montesquieu deslindaria, mesmo nos mais banais, relações que escapam ao vulgo. Imitemos os botanistas. Nem todas as plantas são úteis à medicina, e, no entanto, eles não param de descobrir novos exemplares. Esperam que o gênio e as investigações bem conduzidas descubram nelas propriedades até aqui ignoradas.

Os homens seriam ou muito sistemáticos ou muito caprichosos.

54. A incerteza é para nós um estado forçado. Um espírito limitado não se contenta com o equilíbrio propalado pelos da escola de Pirro. Um gênio brilhante se deixa estontear por suas próprias conjecturas: sacrifica a liberdade às suas hipóteses. Dessa disposição nascem os sistemas. Vê-se um desígnio nas ações dos grandes homens; percebe-se um tom que predomina

---

[95] Tácito, *Anais*, III. (N.A.)
[96] D'Alembert, *Mélanges de philosophie et de littérature*, v. II, p. 1. (N.A.)

em seu caráter, e os que especulam em seus gabinetes querem fazer de todos os homens seres sistemáticos, na prática bem como na especulação. Encontram arte em suas paixões, política em suas fraquezas, dissimulação em sua inconstância; numa palavra, a força de querer honrar o espírito humano, fazem pouco do coração.

Justamente chocados com esse refinamento, desgostosos de ver estendidas a todos os homens as pretensões que deveriam se restringir a um Filipe, a um César, espíritos mais naturais se lançam ao outro extremo. Banem a arte do mundo moral e a substituem pelo acaso. Segundo eles, os pobres mortais só agiriam por capricho. O furor de um celerado estabelece um império: a fraqueza de uma mulher o destrói.

55. O estudo de causas gerais, mas determinadas, deve agradar a ambos. Uns veriam com prazer o homem humilhado, os motivos de suas ações desconhecidos dele mesmo, mero joguete de causas alheias, a liberdade de cada um originada numa necessidade geral. Outros encontrariam nesse estudo o encadeamento de que tanto gostam, e as especulações de que se alimenta o seu espírito.

<small>Causas gerais, mas determinadas.</small>

Que vasto campo não se abre à reflexão! A teoria das causas gerais, nas mãos de um Montesquieu, seria uma história filosófica do homem. Ele nos mostraria as causas regrando a grandeza e a queda dos impérios, assumindo, sucessivamente, as feições da fortuna, da prudência, da coragem, da fraqueza, agindo sem o concurso de causas particulares, às vezes triunfando sobre elas. Superior ao amor por seus próprios sistemas, a mais vil das paixões filosóficas, ele saberia reconhecer que, malgrado a extensão das causas, seu efeito não deixa de ser limitado, e mostra-se, principalmente, nos eventos gerais, cuja influência lenta, mas certa, altera a face da terra, sem que na época se perceba essa alteração, que ocorre sobretudo nas maneiras, na religião e em tudo o que está submetido ao jugo da opinião. Eis uma parte das lições que esse filósofo poderia extrair. De minha parte, aproveito a oportunidade para simplesmente pensar. Indicarei alguns fatos interessantes e tentarei mostrar sua razão.

Sistema do paganismo.

56.[97] Conhecemos o paganismo, esse sistema folgazão mas absurdo, que preenche o universo com seres fantásticos cujo poder superior não os torna senão mais injustos e mais insensatos que nós mesmos. Qual a natureza e a origem desses deuses? Teriam sido príncipes, fundadores de sociedades, grandes homens, inventores das artes? Uma gratidão engenhosa, uma admiração cega, uma adulação interessada, teria elevado ao céu aqueles que, em vida, eram chamados de benfeitores da terra? Ou deve-se antes reconhecer nessas divindades tantas partes do universo, a que a ignorância dos primeiros homens deu vida e pensamento? Essa questão é digna de nossa atenção: é curiosa, porém difícil.

Dificuldade de conhecer uma religião.

56.[98] Nada conhecemos do sistema do paganismo que não seja pelos poetas[99] ou pelos padres da Igreja, ambos afeitos a ficções.[100] Os inimigos de uma religião não chegam a conhecê-la, pois a detestam, e frequentemente a detestam porque não a conhecem. Adotam contra ela, precipitadamente, as calúnias mais atrozes. Imputam ao adversário dogmas que lhes parecem os mais detestáveis e deles extraem consequências as mais absurdas. Os sectários de uma religião, do outro lado, tão cheios da própria fé que consideram crime colocá-la em questão, muitas vezes sacrificam, para defendê-la, a razão, e mesmo a virtude. Forjar profecias e milagres, amenizar o

---

[97] Compare-se a essa digressão Hume, *História natural da religião* (1754). (N.T.)
[98] Em ambas as versões, a numeração deste parágrafo repete a do anterior. (N.T.)
[99] Deve-se, entretanto, distinguir Homero, Hesíodo, Píndaro, e os poetas trágicos, que viveram numa época em que a tradição ainda não fora alterada. (N.A.)
[100] Ver sobre esse artigo a *Free Inquiry* do dr. Middleton e a *Histoire du méchanisme*, de Beausobre, dois belos monumentos de um século esclarecido. (N.A.)

indefensável, alegorizar o que não se deixa amenizar, negar firmemente o que não se deixa alegorizar, tais recursos os devotos não hesitam em empregar. Lembremo-nos dos cristãos e dos judeus, e do que seus inimigos, os magos e os idólatras,[101] diziam contra eles, cujo culto era tão puro quanto severas eram suas maneiras. Nunca houve um muçulmano autêntico que tenha hesitado acerca da unidade de Deus.[102] Mas quantas vezes nossos bons ancestrais não os acusaram de adorar os astros?[103] No seio mesmo dessas religiões, surgiram cem seitas diferentes, que, acusando-se umas às outras de terem corrompido dogmas comuns, inspiraram furor aos povos e moderação aos sábios. Contudo, tais povos eram civilizados, e os livros que reconheciam como emanados da divindade fixavam os princípios de sua crença. Onde se encontrariam tais princípios, em meio a um amontoado confuso de fábulas que uma tradição isolada, contraditória, alterada, ditou a algumas tribos selvagens da Grécia?

57. O raciocínio [a razão] nos é aqui de pouca valia. É absurdo consagrar templos àqueles cujos sepulcros se conhece. Mas haveria algo absurdo demais para os homens? Não se conhecem nações muito esclarecidas que apelam ao testemunho dos sentidos para provar uma religião cujo dogma principal contradiz esse testemunho? Supondo que os deuses do paganismo tenham sido homens, o culto recíproco,[104] consagrado a eles por seus diferentes adoradores, seria algo bem pouco razoável, e a tolerância pelo que é pouco razoável não pode ser erro de uma turba.

O raciocínio não nos ajuda muito.

---

[101] Ver Tácito, *História*; V. Fleury, *Histoire Ecclesiastique*, tomo I, p. 369, tomo II, p. 5; e as apologias, ali citadas, de Justino e de Tertuliano. (N.A.)
[102] D'Herbelot, *Bibliothèque orientale*, artigo "Allah", e o discurso preliminar de Sale ao *Alcorão*, p. 71. (N.A.)
[103] Reland, *De la réligion maommetane*, parte II, caps. 6 e 7. (N.A.)
[104] Ver Warburton, *Divine legation of Moses*, tomo I, pp. 270-6. (N.A.)

Cresus consulta o oráculo de Delfos.

58. Cresus envia mensageiros ao oráculo de Delfos,[105] Alexandre atravessa as escaldantes areias da Líbia para perguntar a Júpiter Amon se é o seu filho.[106] Mas o Júpiter grego, rei de Creta, não teria fulminado com um raio esse Júpiter Amon, esse líbio, esse novo Salmoneu, que ameaçava destroná-lo? Dois rivais que disputam o domínio do universo, como reconhecê-los, ambos, ao mesmo tempo? Mas se tanto um como o outro eram o éter, o céu, ou a mesma divindade, então o grego e o africano designaram-nos por símbolos, convenientes a seus costumes, e por nomes, fornecidos por suas respectivas línguas para exprimir tais atributos. Longe dos raciocínios, são os fatos que devemos interrogar. Escutemos a sua resposta.

Religião grega, de origem egípcia.

59. Os gregos, míseros habitantes de florestas, tão cheios de si mesmos, deviam tudo, porém, a estrangeiros. Os fenícios os ensinaram o uso das letras; as artes, as leis, tudo o que eleva o homem acima dos animais, eles aprenderam com os egípcios. Estes últimos deram a eles religião, e os gregos, ao adotá-la, pagaram o tributo da ignorância ao saber. O preconceito resistiu, mas de maneira protocolar, e entregou-se sem resistência, uma vez pronunciado o oráculo de Dodona, que decidiu pelo novo culto.[107] Tal é o relato de Heródoto, que conhecia a Grécia e o Egito, e que, por ter vivido num século situado entre a ignorância total e os refinamentos da filosofia, é uma testemunha decisiva.

Religião egípcia, alegórica.

60. Vejo tombarem por terra boa parte das lendas gregas, Apolo nascido na ilha de Delos, Júpiter enterrado em Creta. Se tais deuses uma vez habitaram a terra, o Egito, não a Grécia, foi sua pátria. E se os sacerdotes de Mânfis

---

[105] Heródoto, *História*, I. (N.A.)
[106] Diodoro Sícolo, *Biblioteca de história*, XVII. Quinto Cúrcio, *História de Alexandre*, IV, 7. Arriano, *Anabase*, III. (N.A.)
[107] Heródoto, *História*, II. (N.A.)

conhecessem tão bem a sua própria religião como o abade Banier,[108] o Egito nunca teria criado deus algum. A luz da razão resplandeceria brilhante demais, em meio a sua tenebrosa metafísica, para que não percebessem que um homem não pode se tornar deus e que um deus não pode ser transformado em homem.[109] Misteriosos em seus dogmas e em seus cultos, esses intérpretes dos céus e da sabedoria escondiam, por trás de uma linguagem pomposa, verdades da natureza que, em sua majestosa simplicidade, teriam sido, de outro modo, negligenciadas por um povo assim grosseiro. Os gregos desconheciam muitos aspectos dessa religião. Alteraram-na com acréscimos estranhos a ela, mas o fundo permaneceu, e esse fundo egípcio foi, consequentemente, alegórico.[110]

61. O culto heroico, distinto daquele dos deuses nos primeiros séculos da Grécia, mostra-nos que os deuses não eram heróis.[111] Os antigos acreditavam que os grandes homens, admitidos após a morte nos festins dos deuses, gozariam de uma felicidade como a destes, sem compartilhar, porém, de seu poder. Reuniam-se em torno dos túmulos de seus benfeitores, celebravam em elegias sua memória,[112] e estimulavam a salutar emulação de suas virtudes. Os

O culto heroico.

---

[108] Em *A mitologia explicada pela história*. (N.A.)
[109] Heródoto, *História*, II. (N.A.)
[110] Devo muito, nestas pesquisas, ao sábio Freret da *Académie des Belles-Lettres*. Ele abriu uma rota que, por todos os lados, parece óbvia. Creio, no entanto, que seus raciocínios valem mais sobre questão de fato do que sobre dogmas. Cheio de estima por esse literato, devorei avidamente sua resposta à cronologia de Newton; mas — ouso dizê-lo? — ele não respondeu a minhas expectativas. Teria ele introduzido alguma novidade, se excetuarmos os princípios de uma teologia e de uma cronologia que já possuíamos (*Histoire de l'Académie des Belles-Lettres*, tomo XVIII, pp. XX-XXIII), genealogias muito defeituosas e pouco conclusivas, pesquisas minuciosas sobre a cronologia de Esparta, uma astronomia antiquada e difícil de compreender, e o belo prefácio do sr. Bougainville, que releio sempre com renovado gosto? (N.A.)
[111] *Histoire de l'Académie des Belles-Lettres*, tomo XVI, p. 28 ss. (N.A.)
[112] Ver *Mémoires de littérature*, tomo XII, p. 5 ss. (N.A.)

fantasmas dos heróis, evocados das profundezas, saboreavam com prazer as oferendas da devoção.[113] É verdade que essa devoção se tornou, insensivelmente, culto religioso, mas isso só aconteceu mais tarde, quando os heróis passaram a ser identificados com as divindades que lhes davam nome ou cujo caráter eles lembravam. No século de Homero, distinguiam-se ainda os heróis dos deuses. O poeta reconhece Esculápio como um médico de renome,[114] Castor e Polux são para ele guerreiros mortos, enterrados em Esparta.[115]

O sistema de Efêmero.

62. A superstição ultrapassara esses limites, os heróis haviam se tornado deuses, e o culto dos deuses os separara dos demais homens, quando um filósofo decidiu provar que os deuses teriam sido homens. Efêmero de Messina sustentou essa paradoxal opinião.[116] Mas, em vez de apelar aos monumentos de Grécia e Egito que poderiam ter preservado a memória dos célebres heróis, ele se perde num oceano. Uma utopia, ridicularizada por todos os antigos, uma ilha de Panchia, rica, fértil, supersticiosa, que só ele conhecia, fornece-lhe um magnífico templo consagrado a Júpiter, com uma coluna de ouro em que Mercúrio teria gravado os feitos e as apoteoses dos heróis de sua raça.[117] Essas fábulas se mostraram demasiado grosseiras, mesmo

---

[113] Homero, *Odisseia*, livro XI. (N.A.)
[114] Homero, *Ilíada*, livro IV, v. 193. (N.A.)
[115] Homero, *Ilíada*, livro V, v. 241. (N.A.)
[116] Lactâncio, *Institutos*, livro I, cap. XI, p. 62. O relato de Lactâncio difere um pouco daquele de Diodoro Sícolo. (N.A.)
[117] Diodoro Sícolo, *Biblioteca de história*, V e VI. Sobre Efêmero, há uma dissertação do sr. Fourmont que contém conjecturas bastante ousadas e extravagâncias muito agradáveis (*Mémoires littéraires*, tomo XV, p. 265 ss.). Não cai bem a um jovem autor desprezar outros, mas é impossível levar a sério essa peça. Alguém que não vê que a Panchaia descrita por Diodoro Sícolo se situa ao sul da Gidrósia, perto da península da Índia, pode acreditar, com o sr. Fourmont, que o Golfo da Arábia é no mediterrâneo, que o país de Phank, no continente, é a ilha de Panchaia, que o deserto de Pharan é o lugar mais agradável do mundo, e que a cidade de Pieira, na Síria, é a capital de um pequeno distrito nas cercanias de Medina. (N.A.)

para os gregos. Valeram ao autor a derrisão geral, e a alcunha de ateu.[118]

63. Encorajados, talvez, por esse exemplo, os cretenses alegaram possuir o túmulo de Júpiter, que teria morrido nessa ilha após tê-la governado por longo tempo.[119] Calímaco, indignado com essa ficção, revela-nos a sua origem.[120] Houvera uma lápide em que estaria inscrito *Túmulo de Minos, filho de Júpiter*. O tempo ou a fraude teriam apagado as palavras *de Minos* e *filho*, e lia-se: *Túmulo de Júpiter*.[121] No entanto, malgrado a falta de provas, o sistema de Efêmero se impôs aos poucos. Diodoro Sícolo percorre a face da terra para reunir fatos de diversas tradições que possam apoiá--lo.[122] Mas os estoicos, com sua bizarra mistura do mais puro teísmo, de espinosismo e de idolatria popular, referem esse paganismo, pelo qual zelavam, ao culto da natureza, dividida em tantos deuses quantas sejam as faces dela. Cícero, esse acadêmico, para quem tudo era objeção e nada era prova, mal ousa confrontar o sistema de Efêmero.[123]

64. Foi apenas no tempo do império que as ideias de Efêmero se impuseram. Numa época em que o mundo escravizado concedia o título de deuses a monstros indignos de serem homens, convinha à corte confundir Júpiter e Domiciano. Benfeitores do gênero humano, como os chamavam os aduladores, seu direito à divindade era tal como dos deuses, sua natureza e seu poder eram iguais ao deles.

Prevaleceu no tempo dos imperadores.

---

[118] Eratóstenes e Políbio apud Estrabo, *Geografia*, II, pp. 102-3; VII, p. 299, ed. Casaub. (N.A.)
[119] Lactâncio, *Institutos*, I, 11; Cícero, *De natura deorum*, livro III, cap. 21. (N.A.)
[120] Calímaco, *Hinos*, v. 8. (N.A.)
[121] Tal é a história do escoliasta, adotada por Newton. Mas Lactâncio transcreve a inscrição ZAN KRONOY, o que lhe dá, em minha opinião, ares mais antigos. Luciano — pois as fábulas vão sempre crescendo — nos ensina que a inscrição insinua que Júpiter não mais trovejava, mas submetera-se ao destino dos mortais. (N.A.)
[122] Diodoro Sícolo, *Biblioteca de história*, nos cinco primeiros livros, *passim*. (N.A.)
[123] Cícero, *De natura deorum*, III, 21. (N.A.)

Por questão de política ou de descuido, Plínio comete esse erro.¹²⁴ Em vão tentará Plutarco recuperar a religião de seus avós.¹²⁵ Efêmero reina por toda parte, e os padres da Igreja, em proveito próprio, atacarão o paganismo pelo lado mais fraco. E quem poderia culpá-los? Mesmo que os pretensos deuses não fossem homens deificados, é o que haviam se tornado, aos olhos de seus adoradores, e a opinião destes era o único alvo dos padres.

<small>Encadeamento de erros.</small>

65. Prossigamos; acompanhemos o encadeamento, não dos fatos, mas das ideias, sondemos o coração humano, e deslindemos os erros que levaram, do sentimento verdadeiro, simples e universal, de que há um poder acima do homem, a que se tomasse por deuses indivíduos com que os homens teriam vergonha de se parecer.

<small>Sentimentos confusos do selvagem.</small>

O sentimento não é mais que um voltar-se sobre si mesmo [a tomada de consciência de si mesmo]. As ideias se relacionam com as coisas fora de nós. Numerosas, ocupam o espírito, e enfraquecem o sentimento. Por isso, é junto aos selvagens [aos incultivados], cujas ideias são limitadas a necessidades, e cujas necessidades são simplesmente as da natureza, que o sentimento se encontra mais vivo, ainda que, ao mesmo tempo, mais confuso. O selvagem é agitado, a cada momento, por sentimentos que não consegue nem explicar nem reprimir. Ignorante e fraco, tem medo de tudo, pois não sabe se defender de nada. Tudo ele admira, pois nada ele conhece. A vil opinião que justamente tem de si mesmo (pois a vaidade é obra da sociedade) faz que sinta [perceba] a existência de um poder superior. É esse poder, cujos atributos ele ignora, que ele invoca, e cuja graça ele roga, sem saber o que esperar. Esse sentimento indistinto produz os deuses

---

[124] Plínio, *História natural*, VII, 51 e *passim*. (N.A.)
[125] Plutarco, "Das opiniões do filósofos", "De Ísis e Osíris", in: *Moralia*. (N.A.)

benignos dos primeiros gregos, e as divindades da maior parte dos selvagens, cujo número, caráter e culto permanecem, necessariamente, indeterminados.

66. Logo o sentimento se torna ideia [é modificado em noção]. O selvagem presta homenagem a tudo o que o cerca. Tudo lhe parece mais excelente do que ele mesmo. Este carvalho majestoso, que lhe fornece abrigo com sua rica folhagem, teria abrigado também seus avós e os que deram origem a sua raça. Sua copa se eleva até as nuvens; a intrépida águia se perde em seus galhos. Perto dessa altiva árvore, o que é ele mesmo? O que são o talhe, a força de uma criatura humana, comparados a ela? A gratidão se une à admiração. Esse carvalho, que lhe concede suas glandes, que lhe propicia águas limpas para que sacie sua sede, é seu benfeitor, torna a vida feliz; sem ele, o selvagem não poderia subsistir; mas que necessidade tem a árvore do selvagem? As luzes nos ensinam que só a razão é superior a todas as partes necessárias de um sistema inteligente, que todas estão abaixo do homem. Mas, privado dessas luzes, o selvagem dá, a cada uma delas, vida e poder. Ele se prostra diante da própria obra. *O selvagem adora tudo o que ele vê; por quê?*

67. As ideias do selvagem [do homem não civilizado] são singulares porque são simples. Observar as diferentes qualidades de diferentes objetos, observar as que lhes são comuns, e dessa semelhança formar uma ideia abstrata, que representa o gênero ou espécie, e que não é imagem de nenhum objeto em particular; tudo isso é obra do espírito, que age, que reflete sobre si mesmo, e que, por estar sobrecarregado de ideias, procura alívio por meio desse método. No estado primitivo, a alma passiva, ignorante de suas forças, não faz senão receber impressões exteriores: essas impressões só lhe dão objetos isolados [singulares], de tal maneira que parecem *Suas ideias são singulares.*

Ele combina suas ideias e multiplica seus deuses.

existir por si mesmos. O selvagem encontra deuses por toda parte, cada floresta, cada prado, está repleto deles.

68. A experiência desenvolve suas ideias, e as nações, como os homens, devem tudo à experiência. O espírito do selvagem, familiarizado com um grande número de objetos exteriores, apercebe-se da natureza comum destes, e essa natureza se torna para ele uma nova divindade, superior a todos os deuses particulares. Mas cada coisa que existe tem sua existência determinada num tempo e num lugar; e é isso que a distingue de todas as outras. O homem se conduz diferentemente com respeito a essas duas maneiras de existir, uma delas sensível, diante de seus olhos, a outra passageira, metafísica, e que provavelmente não é mais que sucessão de ideias. A natureza comum, diferenciada unicamente pelo tempo, teria suprimido as naturezas particulares, enquanto as que se distinguissem por lugar teriam subsistido como partes da natureza comum. O deus dos rios não interfere em nada nos direitos do Tíber ou do Clitumnus,[126] mas o vento sul que soprava ontem e o que sopra hoje são ambos o mesmo tirano furioso, que destrói as frotas no mar Adriático.[127]

Sequência dessas combinações.

69. Mais se exerce o pensamento, mais são feitas combinações. Dois gêneros são diferentes em certos aspectos, assemelham-se em outros: são destinados ao mesmo uso, são parte do mesmo elemento. A fonte se torna rio, o rio deságua no mar. O mar faz parte do vasto oceano, que abarca toda a extensão da terra, e a terra mesma contém, em seu seio, tudo o que subsiste por princípio de vegetação. À medida que se esclarecem as nações, refina-se a sua idolatria. Percebem que o universo é governado por leis gerais; aproximam-se da unidade de uma causa eficiente. Os gregos nunca conseguiram

---

[126] *Histoire de l'Académie des Belles-Lettres*, tomo XII, p. 36. Plínio, o jovem, *Epístolas*, VIII, 8. (N.A.)
[127] Horácio, *Carminae*, III, 3. (N.A.)

simplificar suas ideias para além da água, da terra, do céu, que, sob os nomes de Júpiter, Netuno e Plutão, continham e regiam todas as coisas. Mas os egípcios, de um gênio mais propício a especulações arbitrárias, formaram Osíris,[128] o primeiro dos deuses, o princípio inteligente que atuava sem cessar sobre o princípio material, conhecido sob o nome de Ísis, sua mulher e sua irmã. Pessoas que acreditavam na eternidade da matéria não poderiam ir além disso.[129]

70. Júpiter, o deus do firmamento, Netuno, o deus do mar, e Plutão, o deus das trevas, eram irmãos. Os ramos de sua posteridade se estendiam ao infinito e continham a natureza inteira. Tal era a mitologia dos antigos. Para homens grosseiros, a ideia de geração era mais natural que a de criação. Era mais fácil de apreender; exigia menos capacidades; era-se levado a ela por ligações sensíveis. Essa geração, porém, os levou a estabelecer uma hierarquia, sem a qual esses seres, livres mas limitados, não poderiam passar. Os três grandes deuses exerciam poder paternal sobre seus filhos, habitantes da terra, dos ares, dos mares; e a primogenitura de Júpiter dava tamanha superioridade sobre seus irmãos que cabia a ele o título de rei dos deuses e pai dos homens. Mas esse rei, esse pai supremo, era limitado demais para concedermos aos gregos a honra da crença num ser supremo.

Geração e hierarquia dos deuses.

71. Esse sistema, por mal feito que fosse, explicava todos os objetos da natureza. Mas o mundo moral, o homem, sua sorte e suas ações permaneciam desprovidos de divindades. O éter ou a terra eram pouco apropriados. Da necessidade de novos deuses nasceu uma nova cadeia de erros que, unindo-

Os deuses da vida humana.

---

[128] Observe que Osíris e sua irmã eram os mais jovens de todos os deuses. Levou muito tempo para que os egípcios chegassem a essa simplicidade. Diodoro Sícolo, *Biblioteca de história*, I, 8. (N.A.)

[129] O culto do sol era praticado por todos os povos. Parece-me que pela seguinte razão. É talvez o único objeto do universo que é sensível e uno. Mostrando-se a todos os povos, da maneira mais brilhante e mais benéfica, angaria homenagens de todos. Uno e indivisível, nele os homens de razão não tardaram a encontrar os principais traços da divindade. (N.A.)

-se à primeira, forma um mesmo romance teológico. Suspeito que esse sistema é tardio. O homem só pensa em refletir sobre si mesmo depois de ter esgotado os objetos exteriores.

Sistema da liberdade e sistema da necessidade.

72. Duas hipóteses sempre existiram e sempre existirão. Numa delas, o homem não recebeu mais do criador que a razão e a vontade. Cabe a ele decidir o uso que fará da razão e como regrará suas ações. Na outra, ele só pode agir segundo as leis preestabelecidas de uma divindade de que ele não é senão o instrumento. O sentimento o ilude, e, quando crê seguir a própria vontade, não segue, com efeito, senão a vontade de seu mestre. Estas últimas ideias nasceram junto a um povo mal saído da infância. Pouco afeitos aos complicados recursos desses mecanismos, as grandes virtudes, os crimes atrozes, as úteis invenções do pequeno número de almas singulares, que nada devem ao próprio tempo, parecem-lhes suplantar as forças humanas. Ele vê, por toda parte, a ação de deuses que inspiram o vício ou a virtude aos pobres mortais, incapazes de se subtrair à sua vontade.[130] Não é a prudência que inspira a Pândaro a ideia de romper a trégua e alvejar com um dardo o peito de Menelau. É Minerva que o induz ao atentado.[131] A infeliz Fedra não tem culpa de nada. Vênus, ultrajada com os erros de Hipólito, acalenta no coração da rainha uma chama incestuosa, que a precipita no crime e na morte.[132] Há um deus para cada evento da vida, cada paixão da alma, e cada ordem da sociedade.

Os antigos adotaram esta última hipótese.

União das duas espécies de deuses.

73. Mas esses deuses do homem, essas paixões e essas faculdades, generalizadas, e dessa maneira personificadas, não tinham senão uma existência metafísica, pouco sensível

---

[130] Não estou certo quanto a esta passagem de meu argumento. Ofereço a melhor razão que pude encontrar, mas parece-me que, nesses primeiros séculos, o sentimento seria o melhor guia, e o sentimento pende inteiramente para o lado da liberdade. (N.A.)
[131] Homero, *Ilíada*, IV, v. 93 ss. (N.A.)
[132] Eurípides, *Hipólito*, I, v. 40. (N.A.)

para os homens. Era preciso fundá-las junto aos deuses da natureza, e é aqui que a alegoria imaginou mil relações fantásticas, pois o espírito quer ao menos uma aparência de verdade. É natural que o deus dos mares fosse também o dos marinheiros. A expressão figurada desse olho que vê, desses raios que rasgam os céus, poderia bem fazer do sol um hábil profeta e um destro arqueiro. Mas por que o planeta Vênus é a madrinha dos amores? Por que ela surge da espuma do Oceano? Deixemos esses enigmas para os adivinhos. Uma vez estabelecidos os departamentos dos deuses da natureza humana, eles enobrecem o culto dos homens, falam ao coração e às paixões. Quanto aos deuses físicos, que não haviam adquirido atributos morais, são no mesmo instante negligenciados, e, depois, esquecidos. É na antiguidade mais remota que vejo os fumos no altar de Saturno.[133]

74. Os deuses se misturam, assim, às coisas humanas. Não há nada de que eles não sejam os autores. Mas seriam autores do crime [da injustiça]? Essa consequência nos desconcerta: um pagão não hesitaria em admiti-la, nem poderia hesitar. Os deuses muitas vezes inspiram intenções viciosas. Se as sugerem, é porque as querem, desejam-nas mesmo. Não lhes restou senão alegar um mal menor, admitido no melhor dos mundos possíveis.[134] Esse mal não só era permitido como era autorizado, e as diferentes divindades, restringidas a seus respectivos departamentos, permaneciam indiferentes a um bem geral que não conheciam. Cada uma seguia o próprio caráter, e inspirava as paixões que sentia. O deus da guerra era feroz, brutal e sanguinário; a deusa da prudência, sábia e reservada; a madrinha dos amores, adorável, voluptuosa, toda caprichosa; trapaça e armação convinham ao deus

Os deuses têm paixões humanas.

---

[133] Isso entre os gregos; continuou a ser idolatrado por muito tempo na Itália. (N.A.)
[134] Ver Fontenelle, *Éloge de M. Leibniz*. (N.A.)

Tem preferências. dos mercadores; e os gritos dos condenados supostamente agradariam ao inexorável tirano dos mortos, sinistro monarca das sombras infernais.

75. Um deus pai dos homens é pai de todos eles, igualmente. Não conhece o ódio nem o favor. Mas as divindades parciais devem ter favoritos. Não prefeririam aqueles cujo gosto é mais conforme ao seu? Marte só poderia amar os trácios, cuja guerra é a única ocupação,[135] e os citas, cuja bebida mais deliciosa é o sangue de seus inimigos.[136] As maneiras de um habitante de Chipre[137] ou de Corinto, lugares em que tudo exala luxo e moleza [luxo, efeminação e prazer], só poderiam agradar a deusa do amor. A gratidão se une à afinidade. Sentimentos de preferência se manifestam em povos cujas maneiras são um tributo a seus deuses tutelares. O próprio culto se referia diretamente ao caráter dos deuses. As vítimas humanas que expiram no altar de Marte,[138] as mil cortesãs que servem no templo de Vênus,[139] as damas da Babilônia que nele imolaram seu pudor,[140] não poderiam senão angariar para esses povos o mais explícito favorecimento de seus protetores.

---

[135] Heródoto, *História*, V, 4-5; Meziriac, *Commentaire sur les épitres d'Ovide*, tomo I, p. 162. (N.A.)

[136] Heródoto, *História*, I, 64-5. (N.A.)

[137] O sr. Vaugelas ensina que, em se tratando da Antiguidade, deve-se dizer *Cypre*, por mais que o nome moderno seja *Chipre* (*Remarques sur la langue française*, tomo I, pp. 102-3). Observo que os srs. Fénelon (no *Telêmaco*) e Vertot (na *História de Malta*) adotam essa prescrição. (N.A.)

[138] Heródoto, *História*, V, 4-5; Lucano, *Farsália*, I; Lactâncio, I, 25. (N.A.)

[139] Estrabo, *Geografia*, VIII, p. 378. Ed. Casaub. (N.A.)

[140] Heródoto, *História*, I, 199. Essas cortesãs eram forçadas a se prostituir, uma vez na vida, no templo de Vênus, entregando-se ao primeiro que as requisitasse. O sr. Voltaire, que as obriga a fazê-lo uma vez por ano, trata o costume como fábula insensata [e ridícula] (*Obras* de Voltaire, tomo I, p. 24). Heródoto, porém, viajara para esses lugares, e o sr. Voltaire conhece muito bem a *História* para ignorar quantos triunfos semelhantes à superstição não celebrou sobre a humanidade e a virtude. O que pensa ele de um ato de fé? Posso antever sua resposta. Eu não sabia, ademais, que a Babilônia de então era a cidade mais bem governada do mundo. Quinto Cúrcio a descreve como a mais licenciosa; o babilônio Berosa se queixa de seus concidadãos, que violam todas as barreiras do pudor, vivem como feras selvagens (Quinto Cúrcio, *História de Alexandre*, V, 1). (N.A.)

E, como os interesses das nações não são menos opostos que os seus costumes, é inevitável que os deuses assumam as querelas de seus adoradores. "O quê! Ver impassível essa cidade, que ergueu cem templos em minha honra, sucumbir sob a espada de um invasor? Nada disso!" Entre os gregos, uma guerra entre homens causava guerra entre os deuses. Troia pôs o Olimpo em polvorosa. O Escamandro viu brilhar a égide de Minerva, testemunhou o efeito das flechas do arco de Apolo, sentiu o assustador tridente de Netuno abalar a terra em seus fundamentos. Às vezes, os irrevogáveis decretos do destino restabeleciam a paz.[141] Mais comum é que os deuses decidissem, de comum acordo, abandonar seus respectivos inimigos;[142] no Olimpo como na terra, o ódio é sempre mais forte que a amizade. Suas querelas.

76. Um culto apurado não seria conveniente a tais divindades. O povo [a multidão] quer objetos sensíveis; uma figura [imagem] que decore seus templos, e fixe suas ideias. Era preciso, com certeza, a mais bela de todas as figuras. Mas qual seria essa figura [forma]? Pergunte aos homens, e eles responderão que é a deles. Se a mesma questão fosse posta a um touro, ele talvez desse outra resposta.[143] A escultura se aperfeiçoa para servir à devoção, e os templos eram repletos de estátuas de velhos e jovens, de mulheres, de crianças, segundo os diferentes atributos de cada deus. Tem figura humana.

77. A beleza provavelmente não tem outro fundamento além da utilidade. A figura humana só é bela porque se refere aos muitos usos [às muitas funções] a que está destinada. Com a figura divina ocorre o mesmo; é preciso que ela expresse seus usos, e mesmo seus defeitos. Daí a grosseira geração dos deuses, à maneira das famílias humanas; daí Experimentam prazeres morais e corporais.

---

[141] Barnier, *Mitologia*, tomo II, p. 487; Ovídio, *Metamorfoses*, livro XV. (N.A.)
[142] Eurípides, *Hipólito*, ato V, v. 1327; e Ovídio, *Metamorfoses*, *passim*. (N.A.)
[143] Cícero, *De natura deorum*, I, pp. 27-8. (N.A.)

seus banquetes de néctar e de ambrosia, e os alimentos a eles ofertados nos sacrifícios.[144] Daí também o seu sono,[145] e os seus sofrimentos.[146] Transformados em homens muito poderosos [superiores], os deuses visitam a terra, habitam templos, participam das distrações humanas, vão às caçadas, dançam, e, às vezes, não resistem aos encantos de uma mortal, dando origem à raça dos heróis.

Eventos gerais.

78. Dos eventos mais gerais, em que do jogo de um grande número de atores, com diferentes perspectivas, situações e caráter, nasce uma unidade de ação, ou melhor, de efeito, é talvez nas causas gerais que se deva buscar a causa deles.

Mistura de causas em eventos particulares.

79. Nos eventos mais particulares, o procedimento da natureza é muito diferente daquele dos filósofos. Nela, são poucos os efeitos tão simples que na origem se devam a uma única causa, enquanto nossos sábios se apegam, via de regra, a uma causa, não somente universal como única. Evitemos essa abordagem; por pouco complicada que pareça uma ação, admitamos causas gerais, sem rejeitar o desígnio e o acaso. Sila renuncia ao poder soberano. César o perde com a própria vida: no entanto, os atentados de ambos à liberdade haviam sido precedidos por suas vitórias em nome dela: antes de se tornarem romanos poderosos, haviam sido celebrados por seus feitos. Augusto trilhou quase os mesmos passos. Tirano sanguinário,[147] suspeito de covardia, o maior crime que poderia cometer o líder de uma facção,[148] chega ao trono e faz os republicanos esquecerem que uma

---

[144] Ver os Césares de Juliano, pelo sr. Spanheim, p. 27, e *As aves*, de Aristófanes e de Luciano, quase que em toda parte. (N.A.)
[145] Homero, *Ilíada*, I, v. 609. (N.A.)
[146] Homero, *Ilíada*, V, v. 335. (N.A.)
[147] Após a tomada de Perusa, ele sacrificou trezentos cidadãos no altar erguido à divindade de seu pai. Ver Suetônio, *Vidas dos Césares*, II, 15. (N.A.)
[148] Suetônio, *Vidas dos Césares*, II, 16. (N.A.)

vez foram livres. A predisposição desses indivíduos diminui minha surpresa diante de tais eventos. Igualmente inaptos à liberdade, sob Sila ou Augusto, ignoraram, na época do primeiro, um fato importante: uma guerra civil e duas proscrições, mais cruéis que a própria guerra, finalmente os ensinaram, no tempo deste último, que a República, que afundava sob o peso da própria grandeza e corrupção, não poderia subsistir sem um senhor. De início, Sila, chefe da nobreza, combatera à frente dos ferozes patrícios, que não hesitaram em depositar nas mãos do despotismo uma espada para livrá-los de seus inimigos, mas não permitiriam que nelas permanecesse para destruí-los. Haviam vencido, não por ele, mas com ele: a arenga de Lépido[149] e a conduta de Pompeu[150] mostram nitidamente que Sila preferiu renunciar ao trono a ser deposto. Augusto, seguindo o exemplo de César,[151] preferiu cercar-se de arrivistas descarados, como Agripa, Mecenas e Pólio, cujas fortunas, que dependiam da sua, não seriam nada, se divididas entre os nobres da aristocracia, mas, unidas, eram suficientes para barrar as pretensões de novos aspirantes ao poder.

80. A par dessa disposição geral, circunstâncias favoráveis, como a lassidão de Antonio, a fraqueza de Lépido, a credulidade de Cícero, operaram conjuntamente em benefício de Augusto: e é preciso reconhecer, que embora ele não tenha gerado tais circunstâncias, soube manejá-las como grande político. A variedade de objetos que ora se apresentam não me permitiria mostrar aqui a natureza da refinada administração de Augusto, descrever o jugo que se impôs sem ser sentido, o príncipe em meio aos cidadãos,

Causas de eventos particulares.

---

[149] Salústio, *Fragmentos*, p. 404, ed. Thysii. (N.A.)
[150] Suplemento de Freinshemius a Tito Lívio, *História de Roma*, LXXXIX, 26-33. (N.A.)
[151] Tácito, *Anais*, IV; Suetônio, *Vidas dos Césares*, II, 101. (N.A.)

o senado respeitado por seu senhor.[152] Detenhamo-nos num aspecto [numa circunstância].

Augusto, senhor das arrecadações do império e das riquezas do mundo, sempre fez questão de distinguir seu patrimônio pessoal do tesouro público. Por esse meio, mostrou que era moderado, tendo deixado a seus herdeiros bens de valor inferior aos possuídos por muitos de seus súditos,[153] e que era patriota, tendo doado ao tesouro público dois lotes inteiros de sua fortuna, juntamente com uma imensa soma, composta pelo legado de amigos seus que haviam falecido.[154]

Uma mesma ação, causa e efeito.

81. Um grau ordinário de penetração é suficiente para sentir [descobrir] quando uma ação é, ao mesmo tempo, causa e efeito. No mundo moral, há muitas que o são; ou melhor, há poucas que não compartilhem, em maior ou menor medida, a natureza de causa e de efeito.

A corrupção de todas as ordens de homens entre os romanos veio da extensão do império, que produziu, ao mesmo tempo, a grandeza da República.[155]

Mas é preciso um juízo incomum para discernir, em duas coisas que coexistem e parecem intimamente ligadas, que em absoluto elas não devem sua origem uma à outra.

---

[152] Espero impaciente pela continuação das dissertações sobre o tema, que nos foi prometida pelo sr. De la Bleterie. O sistema de Augusto, tantas vezes incompreendido, será reconstituído minuciosamente. Esse autor pensa com fineza e com uma agradável liberdade, discute sem secura, e exprime-se com as graças de um estilo claro e elegante. Pode ser que, Descartes da história, ele abuse um pouco dos raciocínios *a priori*, e estabeleça conclusões menos com base em autoridades particulares do que em induções gerais: mas tal defeito só poderia se encontrar num homem de espírito [de gênio]. (N.A.)

[153] Descontados os pagamentos ao povo e aos soldados, Augusto deixa a Tibério e a Lívia o equivalente a 30 milhões de libras. Lêntulo, que morre durante o seu reinado, possuía 80 milhões de libras. Ver Suetônio, *Vidas dos Césares*, II, 101. Sêneca, *De beneficencia*, II. (N.A.)

[154] Suetônio, *Vidas dos Césares*, II, 101. (N.A.)

[155] Ver Montesquieu, *Considérations sur la grandeur des romans*. Eu distingo a grandeza do Império Romano daquela da República: uma consistia no número de províncias, a outra no de cidadãos. (N.A.)

82. As ciências, costuma-se dizer, nascem do luxo:[156] um povo esclarecido será sempre vicioso. Não creio que seja assim. As ciências não são, de modo algum, filhas do luxo: nascem, como ele, da diligência. As artes, em seus primeiros tateares [em seu estado mais rude], satisfazem as necessidades básicas do homem. Aperfeiçoadas, geram novas necessidades, do escudo de Minerva [Palas], criado por Vitélio,[157] aos colóquios de Cícero. Na mesma medida em que o luxo corrompe as maneiras, as ciências as suavizam, como os suplicantes de Homero, que percorrem a terra atrás da injustiça para apaziguar a fúria dessa cruel divindade.[158]

As ciências não vêm do luxo.

E assim encerro estas reflexões, que me pareceram sólidas [justas e racionais], sobre os diferentes usos [sobre a utilidade] das belas-letras. Quem sabe se não inspirarei o gosto por elas? Eu teria de mim mesmo uma opinião demasiado positiva se não reconhecesse os defeitos deste ensaio, e demasiado negativa, se não esperasse, com mais maturidade e conhecimentos mais extensos, corrigir tais defeitos. Alguém poderia dizer que estas reflexões são justas, mas redundantes, ou que são novas, mas paradoxais. Que autor gosta de críticos? No entanto, a primeira opinião é a que menos me desagrada. Prefiro possuir a arte do que ter a glória do artista.

Conclusão.

---

[156] O ensaio de Gibbon, explicitamente dirigido contra D'Alembert, volta-se implicitamente contra Rousseau. O autor rejeita, assim, os antípodas do século, perfilando-se com Montesquieu. (N.T.)

[157] Vitélio envia galés até as colunas de Hércules em busca dos peixes mais raros para esse monstruoso prato. A nos fiarmos no sr. Arbuthnot, teria custado o equivalente a 765.625,00 libras. Ver Suetônio, "Vida de Vitélio", 5; Dr. Arbuthnot, *Tabelas*, p. 138. (N.A.)

[158] Homero, *Ilíada*, IX, v. 500. (N.A.)

DOS TRIUNFOS DOS ROMANOS[1]

Roma, 28 de novembro de 1764

Rômulo foi obrigado a empunhar armas contra os Sabinos, que, com o rapto das filhas dos Romanos, provocaram, a justo título, a ira do nascente estado. Acron, rei dos Cinínios, foi a primeira vítima das forças romanas. Tombou diante de Rômulo, e seu povo teve a imensa sorte de ser integrado à nova colônia. O vencedor fez questão de gozar os privilégios da glória. Tocando à sua frente o rebanho dos prisioneiros, acompanhado por seus companheiros de vitória, recebido pelo público em júbilo, Rômulo adentra a cidade e se dirige ao Monte Capitolino para render homenagem a Júpiter Ferétreo e depositar seus troféus no templo que erguera para o deus. Com essa cerimônia, sacramentou para sempre, no espírito dos romanos, a aliança entre religião e virtude militar. Foi essa a origem dos triunfos, "instituição que se mostraria a principal causa da grandeza de Roma".[2] Trezentos e vinte triunfos conduzirão Roma à exaltação em que se encontra na época do reinado de Vespasiano.[3] Ofereço a seguir algumas reflexões sobre o direito ao triunfo, sobre a via pela qual prosseguia e sobre o espetáculo enquanto tal.

---

[1] Traduzido do original francês "Sur les triomphes des romains" (1764), cotejado com a versão inglesa posterior (1794). As numerações dos capítulos, bem como o título do primeiro capítulo, foram introduzidos na presente tradução. (N.T.)
[2] Montesquieu, *Grandeur et décadence de Rome*. (N.A.)
[3] *Onuphre Panvin, De triumphis*. O número citado se encontra em Orosius, *Historiarum adversum paganus*. (N.A.)

1. Do direito ao triunfo

O direito ao triunfo pode ser abordado de três maneiras diferentes. 1. A autoridade que o concedia; 2. As pessoas a que era concedido; 3. As razões pelas quais era concedido.

1. Penso que os reis, cuja autoridade era tão irrestrita sobre assuntos militares quanto limitada sobre os civis, adentravam a cidade em triunfo todas as vezes que se julgavam dignos disso, e discerniam por si mesmos a dignidade a essa honra instituída por seus antepassados. Após a expulsão de Tarquínio, o senado, que já era então o conselheiro do príncipe e da nação, torna-se o árbitro das recompensas militares.[4] Concede a Valério Publicola a honra do triunfo pela vitória obtida sobre os Tarquínios, que custou a vida de Bruto. A partir dessa época, o triunfo adquire um valor real aos olhos de qualquer um que queira saborear a verdadeira glória. Essa cerimônia deixa de ser uma pompa desnecessária, feita para iludir o vulgo: um cônsul chega mesmo a encontrar nela o mais belo de todos os elogios, a aprovação do comandante por seus iguais e êmulos. Alguns senadores haviam obtido essa glória, e poucos não aspiravam a ela. E como fosse do interesse de todos preservar uma honra que lhes cabia, o candidato era julgado com uma severidade salutar para o Estado e gloriosa para ele mesmo. O senado considerava esse direito a mais bela de suas prerrogativas; conservou-a até os últimos dias da República, e parece tê-la conservado nos piores momentos do império. Sentiu uma vez a dor de se ver privado dela, e mais, de sentir que merecia tê-la perdido. No ano 305 de Roma, Valério e Horácio, cônsules que haviam perseguido os decênviros,[5] conseguem vitórias definitivas sobre os Volsques, os

---

[4] Tito Lívio, *História de Roma*, I; Dionísio de Halicarnasso, *História romana*, V. (N.A.)
[5] Corpo de dez magistrados que em 449 a.C. sucede os dez legisladores que haviam formulado as doze leis, forjadas para superar a divisão entre patrícios e plebeus, e que, pelo consentimento mútuo dessas partes, passara a consistir o pilar da

Eques e os Sabinos. Mas a grande popularidade de sua conduta, e o ardor com que haviam perseguido os decênviros, atraiu o ódio dos líderes do senado, que se apiedaram de compatriotas cujos crimes lhes pareciam abomináveis. O senado recusou aos cônsules o triunfo que haviam requisitado[6] e deu assim um exemplo, deveras pernicioso em Estados livres, de distribuição de graças militares segundo o partido adotado pelos generais em assuntos políticos. Um tribuno apelou ao povo contra essa injustiça, e este fez valer seus direitos ao recompensar seus favoritos. Valério e Horácio triunfaram sem o consentimento do senado; e o povo, contente com a própria vitória, devolveu ao senado o direito que lhe fora temporariamente usurpado. Parece-me que esse hábil corpo, que teve séculos de sabedoria e uns poucos momentos de paixão, buscava, com a imparcialidade e a prudência de seus decretos, reiterar sua precária autoridade, e o Estado como um todo se beneficiava dessa cautela. E cautela era mesmo necessário, numa decisão delicada, que dizia respeito à própria constituição do Estado. Os decretos do povo ameaçavam os direitos consagrados do senado; mas o que era o senado senão uma comissão estabelecida pelo povo à qual fora delegado o exercício de direitos que, no entanto, continuavam pertencendo ao povo e que este, se assim quisesse, poderia reclamar de volta para si? O partido dos patrícios gostaria de fazer do senado o representante de sua ordem, assim como os comícios das tribos representavam a ordem dos plebeus. Por esse princípio, a reunião dos dois corpos formaria a República, cada um deles tendo direitos sagrados e invioláveis. O consentimento do senado abria os portões da cidade à carruagem do triunfante, mas o povo

administração do Estado romano. A unanimidade em torno dos decênviros é rompida com a tirania de Ápio Cláudio, único remanescente, entre o segundo corpo, dos legisladores originais, e que se vale dos doze litores que o acompanham em sua função para impor sua vontade pessoal com força de lei. Cf. Tito Lívio, *História de Roma*, III, 31-5. (N.T.)

[6] Tito Lívio, *História de Roma*, III; Dionísio de Halicarnasso, *História romana*, XI. (N.A.)

podia fechá-los. O poder militar desaparecia inteiramente, uma vez transposto o *Pomoerium*. Generais fora da cidade, dentro dela os cônsules não eram mais que magistrados, e a única força admitida era a força das leis. O triunfante, porém, adentrava a cidade à frente de suas legiões, revestido de seu caráter militar. Para conciliar a glória do chefe e o devido respeito às leis, a cada vez o senado propunha ao povo que concedesse a prorrogação do comando militar por um dia, enquanto durasse o triunfo. A assembleia quase sempre acatava a autoridade do senado, mas podia rejeitá-la, e vemo-la prestes a utilizar essa prerrogativa para impedir o triunfo de Paulo Emílio.[7]

2. Para ter direito a requisitar o triunfo, era preciso ter sido investido do comando supremo. A disciplina dos romanos jamais permitiria que um tribuno ou um lugar-tenente se introduzisse no senado para reclamar uma paga por seus serviços; o que poderia merecer esse subalterno, cujas virtudes eram apenas coragem e obediência? A seu chefe caberia a recompensa. A ideia de subordinação era levada a ponto de o general desfrutar da glória de seus mais distantes lugares-tenentes,[8] como se estes só houvessem vencido porque estavam sob suas ordens.[9] É assim que unicamente aos comandantes,[10] como chefes de milícia, estavam reservadas as honras do triunfo, por vitórias que seu gênio obtivesse entre as margens do Reno e do Eufrates. Percebemos aqui, mais uma vez, a constante associação, pelos romanos, entre religião e política. O povo, ao confiar aos magistrados o comando supremo, concedia-lhes, ao mesmo tempo, a prerrogativa de receber os auspícios e de interrogar os deuses sobre a fortuna

---

[7] Tito Lívio, *História de Roma*, LXV, 35-43. (N.T.)
[8] Cícero, *Ad Pisonus*, cap. XXIII. (N.A.)
[9] Ver a dissertação do Abade Bleterie sobre o título de imperador, *Mémoire de l'Académie des Belles-Lettres*, tomo XXI. (N.A.)
[10] A palavra utilizada por Gibbon é *emperors*. O título era obtido por aclamação do comandante por seus subordinados, no campo de batalha, após a vitória. Apenas depois da morte de Augusto é que o chefe do Estado passou a receber essa denominação. (N.T.)

da nação. Esse caráter sagrado os colocava (por assim dizer) em ligação com os deuses da República. Eles, e somente eles, poderiam interrogar os deuses e solicitar o seu favor por meio de votos que o Estado se comprometia a cumprir. E quando os deuses ouviam as suas preces, cabia aos magistrados, e a mais ninguém, oferecer os esperados sacrifícios pela satisfação de seus pedidos, depositando, aos pés dos deuses, os espólios dos inimigos e os troféus da vitória. Na teologia fortemente marcial dos romanos, é o melhor que se poderia oferecer às divindades.

Nos primórdios da República, os cônsules e pretores não tinham dificuldade para conciliar suas funções civis com a condução de campanhas militares, que consistiam em marchas de poucos dias, imediatamente seguidas por uma batalha. Mas, quando Roma foi obrigada a agir, defensiva como ofensivamente, intervindo em todas as províncias da Itália, na Sicília, na Espanha e na África, tornou-se necessário aumentar o número de generais e prorrogar o comando militar dos cônsules e pretores para além do período que lhes fora consignado na administração civil. Esses procônsules e propretores se tornaram, por fim, os únicos generais do Estado; e, como os assuntos de interesse público aumentassem em número e importância com a ampliação do império, embora as mesmas pessoas continuassem a exercer tanto funções civis quanto militares, deixaram de exercê-las simultaneamente. Os magistrados extraordinários, que tinham as mesmas sagradas prerrogativas quando eram cônsules ou pretores, intitulavam-se a requisitar um triunfo, desde que seus feitos merecessem essa honra. Teria sido injusto, na verdade, privá-los dessa merecida recompensa, e arrancar-lhes os louros só porque a distância da província e a dificuldade da guerra os impedira de encerrá--la numa única campanha. Durante a segunda Guerra Púnica, o jovem Cipião requisitou um triunfo, sem dúvida merecido, por ter evitado a morte de seus tios e reconquistado para a República a importante província da Espanha. Sua situação era tão singular quanto haviam sido seus serviços. Seu arrojo e o favorecimento do povo o haviam elevado ao comando aos vinte e quatro anos. Tornou-se general sem nunca ter sido magistrado. Pareceu perigoso, aos olhos do senado, acostumar os favoritos do povo a menosprezar ocupações civis e a tomar atalhos para o poder. Ao recusar um triunfo a Cipião, o senado agiu em prol de máximas que ele mesmo violara: ensinou o povo a entender que sua própria autoridade estava subordinada às leis, e que a ambição deslavada estava suprimida, quando provavelmente teria sido inflamada pelo êxito de Cipião em dissociar a recompensa da glória militar das honras da magistratura civil. O senado apoiou a causa da sabedoria e da disciplina; e o conquistador se submeteu à recusa.[11] Esse decreto, fundado em razões de estado, foi adotado, de maneira tácita, não expressamente, como lei dos triunfos, que o povo só concederia a magistrados: o precedente do caso de Cipião foi decisivo. O sentido estrito desse decreto permitia triunfos somente aos cônsules e pretores cujas magistraturas houvessem sido prorrogadas pelo povo, mas tanto a razão quanto o costume estendiam a honra a cidadãos investidos pela autoridade pública do poder de cargos previamente ocupados,[12] a indulgência do senado como que obliterando os anos transcorridos desde o término de seus empregos e considerando-os como se mantivessem o caráter que com honra outrora sustentaram. Não sei até que ponto o senado levou sua indulgência, se permitia, por exemplo, triunfo ao pretor do ano anterior, investido de autoridade proconsular. Inclino-me a pensar que esse conselho, em sua sabedoria, nunca antecipava decisões sobre casos que ainda não haviam ocorrido, e que, de acordo com as circunstâncias, teria estendido o direito de triunfo mesmo a um procônsul que não fora mais que um

---

[11] Políbio, *História*, XXXV, 4. (N.T.)
[12] Só posso citar aqui a autoridade de Lívio e os Fasti dos séculos VI e VII em Roma. (N.A.)

edil. O edil, tendo pelo menos trinta e oito anos de idade, seria conhecido na cidade e no exército havia vinte anos. Seus talentos e seu caráter teriam sido apreciados por seu comportamento como questor, e seus princípios políticos inevitavelmente teriam se mostrado no senado. Mas tanto o espírito quanto a letra desse decreto excluíam de honras triunfais o simples cidadão ou cavaleiro, as leis não eram suspensas nem mesmo em favor do mais distinto mérito. A autoridade dessas leis se estabeleceu tão firmemente que o povo deixou de lado os favorecimentos que não fossem condizentes com o que elas prescreviam. É verdade que o jovem Pompeu, quando ainda era cavaleiro, forçou o ditador Sila a lhe garantir um triunfo, naquela triste crise em que as leis foram esmagadas pelo poder de indivíduos.[13] Embora o senado tenha depois atribuído a Pompeu um poder similar, a autoridade deste e a entusiástica admiração da multidão justificaram uma indulgência que não poderia ser erigida em precedente.

3. É sabido que o general vitorioso, quando retornava a Roma, reunia os senadores em templo aberto, sem paredes, e explicava a eles sua merecida pretensão a um triunfo ao supri-los com uma narrativa de sua vitória por escrito, atestada por juramento solene. A forma pela qual Claudio Nero e Lívio Salinator requisitaram um triunfo pela vitória em Metaro foi a mesma empregada por generais subsequentes. Requisitaram que graças fossem oferecidas aos deuses, e que os próprios senadores fossem autorizados a adentrar a cidade em triunfo, pela fiel e corajosa condução dos assuntos da República.[14] Em minha opinião, essa condição, que admitia uma grande variedade de interpretações da parte da prudência e da equidade dos juízes, era a única essencial, embora muitos autores suponham a existência de uma pletora de leis particulares que controlariam as deliberações do

---

[13] Apiano, *De bellum civile*, I; Cícero, *Pro Marcellus*. (N.A.)
[14] Tito Lívio, *História de Roma*, XXVIII. (N.A.)

senado e o compeliriam a admitir ou rejeitar as pretensões dos que requisitavam triunfo.[15] No entanto, esses autores não foram capazes de mostrar a respeito nada que merecesse o sagrado nome de *lei*. As circunstâncias particulares por eles mencionadas são inferidas de alguns exemplos cuja força é destruída por outros, diretamente opostos; e eles não percebem que quem nega o que dizem poderia desmentir, com um único fato, todas as probabilidades que tenham acumulado.

Tais autores afirmam que a lei do triunfo só permitiria a um general reclamar essa honra se matasse, numa batalha decisiva, cinco mil homens do inimigo, e que estaria intitulado a requisitá--la se preenchesse essa única condição, como devida recompensa de seu mérito. Porém, é difícil acreditar que na apreciação de serviços militares o senado se guiasse por uma circunstância tão incerta como o número de homens abatidos. Em quantas ocasiões não mereceria um general a mais calorosa gratidão da República, sem contentar sutis aritméticos que tão acuradamente calculam a quantidade de sangue humano? Se conduzisse uma guerra contra as efeminadas nações do oriente, cuja covardia se alarmava aos meros gritos dos legionários, uma vitória praticamente sem sangue poderia lhe dar um reino inteiro. Um comandante zeloso do sangue de seus concidadãos poderia considerar ocupação mais honrosa para talentos militares uma hábil e exitosa campanha do que se entregar à cega fortuna e ao caos. Seus bem planejados e bem executados movimentos poderiam privar o inimigo de todos os recursos, sem exceção do confronto, e compeli-lo a entregar suas armas e render seus homens, prêmio não menor do que perdas no campo de batalha. Cidades fortemente protegidas pela arte ou pela natureza, defendidas por destacamentos mais obstinados do que numerosos, poderiam opor obstáculos dignos do exercício da mais completa habilidade e perseverança de um general, que,

---

[15] Ver Onuphre Panvin, *De triumphis*, e Apiano, *De bellum civile*. (N.A.)

conquistando lugares como esses, poderia às vezes pôr fim a guerras tão penosas para a República quanto perniciosas para as províncias. Darei um exemplo deste último caso. É o jovem Cipião, cuja glória igualou a de seu tio, embora nunca tenha derrotado um Aníbal, e que triunfou duas vezes sem jamais ter lutado uma batalha decisiva. Conquistando Cartago e Numantium, obteve dois triunfos e dois epítetos, ainda mais gloriosos. E, no entanto, durante o cerco dessas cidades, é impossível encontrar uma ação em que cinco mil do inimigo tenham perecido, e há autores que afirmam que os valentes numantinos, que com tanta perseverança e êxito resistiram às forças da República, nunca excederam quatro mil homens, número multiplicado apenas pelo valor que demonstraram.[16]

Outra regulação, não menos sábia, é mencionada como tão certa quanto a que acabamos examinar. Um triunfo, diz-se, só poderia ser obtido pelos conquistadores de uma nação que não houvesse previamente reconhecido a autoridade dos romanos; a submissão de uma província revoltosa não seria suficiente, o senado não consideraria vitórias que não ampliassem as fronteiras do império. Nessa suposta regulação, parece-me que o heroísmo dos romances substituiria os ditados da prudência e da honra. Seria uma província menos valiosa para os romanos por contar entre suas posses, ser habitada por numerosos colonos, e ter sido enriquecida pela atenção ao incremento de vantagens naturais e artificiais? Estaria a honra da República mais preocupada em submeter nações livres, que mal conheciam o nome de Roma, do que em suprimir a rebelião de uma província revoltosa, que denunciava sua injustiça, desafiava seu poder e seduzia outras com o perigoso exemplo? Seria menos obstinada a resistência de um povo que não tinha outra escolha senão a vitória ou a morte,

---

[16] Ver Lucio Aneio, *Flori epitome rerum romanarum*; Orosius, *Historiarum adversum paganus*; Tito Lívio, *História de Roma*, LV. (N.A.)

e cujos generais, e mesmo os soldados, haviam aprendido a arte da guerra sob o estandarte romano, não com nações bárbaras cuja submissão era prontamente aceita por um senado contente em impor de saída seu jugo, quando seu peso ainda não se fizera sentir? Numa palavra, seriam as guerras contra províncias revoltosas consideradas desimportantes demais para merecerem a única recompensa digna de um general? A existência de tal regulação só poderia ser provada por fatos decisivos; mas os fatos registrados atestam diretamente contra ela. Não mencionarei os numerosos triunfos celebrados sobre comunidades cem vezes reconquistadas, às quais os romanos impunham condições de paz muito desiguais e que eles tratavam antes como súditos do que como aliados;[17] mas quando Tito e seu pai triunfaram sobre os judeus, e o senado comemorou sua vitória com medalhas e um arco do triunfo preservado até hoje, não triunfaram senão sobre uma província revoltosa, que fora submetida pelos exércitos de Pompeu e que havia cinquenta anos era governada por magistrados romanos. Concordo com Onuphre Panvin que Fúlvio não obteve triunfo pela importante conquista de Cápua. As razões que levaram o senado a recusá-lo, eu ignoro; é incerto se a justiça ou intriga teria revertido as perspectivas desse procônsul, o que seu sei é que, quase na mesma época, Fábio Máximo triunfou pela conquista de Tarento,[18] uma cidade que reconhecera a soberania de Roma desde a guerra contra Pirro. Observo ainda que Roma, mais de uma vez, conheceu desastres que a obrigaram a conceder a seus generais as mais altas marcas de gratidão, por terem salvo o país sem acrescentar um pé que fosse ao seu território. Camilo e Mário, não Cipião e Pompeu, estavam associados a Rômulo na honorável denominação *Fundadores de Roma*. Esses grandes homens repeliram as

---

[17] Ver Flavio Josefo, *Antiguidades judaicas*; *De bellum judaico*. (N.A.)
[18] Tito Lívio, *História de Roma*, XXVII. (N.A.)

inundações de bárbaros, destruíram seus exércitos, mas nunca pensaram em persegui-los em suas próprias florestas, que, aliás, mal conheciam. Qual não seria o absurdo de uma lei que negasse a tais homens o triunfo, ao mesmo tempo que concedia a honra a propretores de cujos nomes ninguém lembra?

> *Hic tamen et cimbros, et summa pericula rerum*
> *Excipit, et solus trepidantem protegit urbem.*
> *Atque ideo postquam ad Cimbros, stragemque volabant,*
> *Qui nunquam attigerant majora cadavera corvi,*
> *Nobilis ornatur Lauro collega secunda.*[19]

Pode-se perguntar, pois é ainda mais provável, se o senado se satisfaria com uma única vitória, ou se, para ter direito a requisitar o triunfo, não seria preciso pôr fim à guerra subjugando o inimigo ou ao menos com um tratado favorável à República. Numa tal regulação, não haveria mais que sabedoria do senado, que cuidaria para não baratear as honras com uma prodigalidade excessiva, e que, soberano e livre como sempre, saberia recusar a um general presunçoso o triunfo cortejado por vitórias pífias sobre inimigos sem valor. Mas, decidindo de acordo com os fatos, e é pelos fatos que devemos decidir, percebo que a conduta do senado variava em diferentes épocas da República, e que a causa dessa variação dependia de uma circunstância inteiramente distinta do mérito do general. Era costume que os valentes cidadãos que haviam enfrentado perigos ao seu lado compartilhassem a glória de seu triunfo. Os soldados seguiam a carruagem do general, coroados de louros e decorados com as insígnias militares que o seu valor merecia.[20] Apropriavam-se das honras conferidas ao

---

[19] Juvenal, *Sátiras*, VIII, 249 ss. ["— Ele dos Cimbros / triunfa, e livra a cidade consternada, / Sustentando a República em descrime. / Quando os corvos aos bandos, sobre os Cimbros / Mortos, devoram nunca achada presa, / Da segunda vitória se coroa / Com louros o colega seu ilustre." Trad. Francisco Antonio Martins. São Paulo, 1956.] (N.A.)

[20] Ver a oração de M. Servillius em Tito Lívio, *História de Roma*, XLV. (N.A.)

seu comandante, e este recebia a mais doce das recompensas com os elogios de seus soldados e principalmente com suas pilhérias, indelével marca de franqueza e da estima que tinham por ele. Durante as primeiras guerras da República, quando Roma lutava contra inimigos vizinhos e não tinha tropas regulares, o cônsul vitorioso trazia de volta suas legiões à capital, e a tropas não precisavam se aquartelar no inverno, pois tinham suas respectivas casas. Percebe-se, nas épocas de respeito pela disciplina, que o senado concedia triunfos para vitórias que decidiam a fortuna de uma campanha mesmo que esta não encerrasse a guerra. Permitiu-se a Fabius Rullianus triunfar sobre os toscanos, os umbrianos, os samnitas e os gauleses.[21] O senado sabia muito bem que a confederação desses Estados havia sido derrotada mas não estava subjugada, e que a vitória de Fabius não trouxera nem posses nem tranquilidade ao país. Na guerra contra Aníbal, o senado mudou de conduta, mas os princípios permaneceram inalterados. Roma foi obrigada a atuar, ao mesmo tempo, na defesa de todas as províncias da Itália. Toda vez que uma vitória considerável permitisse trazer de volta o exército empregado numa dessas províncias, concedia-se triunfo ao general, desde que ele não se separasse de suas tropas. Quando o senado decretou um triunfo para Livius Salinator,[22] seu colega Nero seguiu sua carruagem montado a cavalo, unindo-se à procissão daquele que ele ajudara. A razão disso é que o exército de Livius retornara a Roma e as tropas de Nero não podiam ser trazidas de volta, pois se opunham a Aníbal. Quando Roma atacou as grandes potências da Grécia, do Oriente e da África, suas legiões não cruzavam de volta o mar antes de terem submetido os países que haviam invadido. Triunfos nessas guerras eram obtidos apenas por conquistas; e, como consequência da excelência

---

[21] Tito Lívio, *História de Roma*, livro X. (N.A.)
[22] Tito Lívio, *História de Roma*, XXVIII. (N.A.)

dessas leis, cuja execução variava conforme a natureza das coisas e não as paixões dos homens, a crescente majestade do triunfo acompanhou o aumento da grandeza do Estado. Mas, a partir do momento em que Mário poluiu as legiões, misturando a elas o populacho mais baixo, a guerra se tornou comércio em lugar de dever: as tropas permaneciam nas províncias, e, ao desfazer ou chamar de volta as legiões, o senado obedecia as máximas da política e não da justiça. Tornou-se costumeiro coroar generais que, tendo derrotado o inimigo, delegavam a seu sucessor que o submetesse e retornavam a Roma conduzindo um pequeno grupo de oficiais e soldados, seus prediletos, como os mais qualificados a acompanhá-lo no triunfo. Cito apenas o exemplo de Luculus. Triunfou por suas vitórias sobre o grande Mitríades, tantas vezes derrotado, sempre formidável. Uma passada de olhos pela oração de Cícero em prol da lei Maniliana nos convencerá de que os romanos estavam longe de considerar concluída essa guerra.[23]

Essas observações são suficientes para provar que nunca existiu um código de leis triunfais como as que Apiano de Alexandria e Onuphre Panvin quiseram compilar. O reitor egípcio e o eremita augustino, por serem igualmente desqualificados para sondar a profunda política do senado, consideraram como leis gerais o que eram apenas exemplos particulares. Esse tribunal, que em sua sabedoria tão bem reuniu prudência e justiça, formou para si mesmo uma lei viva, que compreendia toda aquela variedade de casos sobre muitos dos quais a letra morta das leis escritas será para sempre silenciosa, imperfeita ou contraditória. O senado comparava as habilidades do general ao caráter do inimigo, a importância da aquisição à sabedoria ou boa fortuna com que fora obtida, e a facilidade da conquista aos meios empregados para efetuá-la. Os senadores mais velhos, cuja autoridade guiava os votos dos mais novos, haviam chegado a essa idade em coman-

---

[23] Cícero, *Pro lege Manilia oratio*. (N.T.)

do militar, e haviam concedido recompensas, cujo valor eles sabiam estimar, a generais cujo mérito eram capazes de apreciar. Percebe-se ainda que o senado era tão atento à segurança dos cidadãos quanto à glória do Estado, e mais de uma vez recusou triunfos a cônsules vitoriosos que haviam adquirido distinção com desnecessária e inútil prodigalidade de sangue romano.[24] Considerava que era seu dever reprimir a cruel ambição dos líderes, recusando-lhes retorno triunfante numa cidade cheia de luto por causa de seus feitos.

Havia, até onde eu posso discernir, uma única condição necessária que o senado requeria sempre, a saber, que o inimigo tivesse classe e qualidade. O triunfo seria maculado, se concedido por vitórias sobre escravos ou piratas: o sangue destes, vil demais, o dos cidadãos, precioso demais, privava de louros um general vitorioso.

Cabe ao magistrado civil, não ao comandante militar, punir a audácia de malfeitores que desafiam a justiça e a lei. Mas, quando bandos de ladrões se tornam tão numerosos que precisam ser combatidos por força militar, tais guerras são mais necessárias do que difíceis, e mais difíceis do que gloriosas. A fraqueza e a tirania de seus senhores duas vezes levaram escravos da Sicília a romper os grilhões. Os romanos se envergonharam de empregar suas legiões contra adversários tão ignóbeis, e quando seus generais finalmente conseguiram reprimir a insurreição, o senado sabia que muitas vezes decretara triunfo por feitos menos nobres. No entanto, o nome *escravo* não poderia ser ignorado; o senado receou que o triunfo fosse profanado; negá-lo não parecia ato prenhe de consequências nocivas. Os generais vitoriosos, portanto, foram honrados apenas com uma ovação; receberam coroas de mirtilo em vez de louro; e intitularam-se a uma procissão de cidadãos pacíficos, não de militares. Os romanos esperavam, e com razão,

---

[24] Tito Lívio, *História de Roma*, X. (N.A.)

que a terrível disciplina a partir de então estabelecida com respeito a escravos prevenisse no futuro revoltas similares. Mas, por uma estranha combinação de circunstâncias, a República se viu obrigada, no mesmo século, a travar duas guerras obstinadas, uma delas contra piratas, a outra contra gladiadores; os primeiros ameaçavam o comércio e a dignidade do império, os segundos a destruição do nome romano. Poderia o senado ter previsto tais eventos ou decretar o triunfo indistintamente, de acordo com regras preestabelecidas? Quando Crassus destruiu o exército de Espártaco, o senado, em sua sabedoria, percebeu que a desgraça pública e não a glória do general teria sido comemorada se a este fosse concedido triunfo por ter encerrado uma guerra servil. Os partidários de Pompeu empregaram, na ocasião da guerra contra os gladiadores, a eloquência de Cícero, e eles mesmos se fizeram ouvir, junto ao povo, atribuindo a seu favorito o mérito quase exclusivo da vitória. Depois, quando o mesmo Pompeu subjugou os piratas, o orgulho de ter recebido dois triunfos, e os louros que esperava colher na guerra midriática, fizeram-no desdenhar a honra de uma ovação que Crassus havia aceito e que se tornara, na avaliação dos romanos, a natural recompensa para vitórias como essa.

O orgulho, por oposto que seja ao desprezo, produziu, nesse caso, precisamente os mesmos efeitos: os romanos se recusaram a triunfar sobre escravos, objeto de seu desprezo, e sobre cidadãos, objeto de sua estima. Os vitoriosos, durante as guerras civis, podem ter extorquido do senado as recompensas mais gratificantes para sua vaidade, mas, embora senhores das leis, continuavam a respeitar a opinião pública e os preconceitos de seu país, dos quais eles mesmos talvez não estivessem isentos. Receavam degradar a dignidade do nome romano ao ameaçar seus concidadãos como fariam reis estrangeiros que os capturassem, e mesmo Sila, que com suas proscrições ousou assassinar muitos senadores e cavaleiros, sentiria vergonha de tê-los arrastado em procissão triunfal e agradecer aos deuses do capitólio por vitórias melancólicas que seu dever o obrigou a lançar em eterno esquecimento. Estou convencido de que estes tiranizadores de seu próprio país, Sila, César e Augusto, que conheciam a dignidade das leis que violaram e a disposição do povo que oprimiram, receavam provocar a revolta do povo ao apresentar, aos olhos do público, num espetáculo ofensivo, o quadro da liberdade perdida e das ilustres vítimas sacrificadas à sua ambição. O próprio César se sentiu mortificado ao ouvir as lamentações de tristeza pública, quando as imagens de Cípio, Catão e Petreio foram exibidas no desfile de seu triunfo africano.[25] Se a imagem do grande Pompeu não tivesse sido cuidadosamente ocultada, o que era tristeza poderia ter se transformado em fúria, num povo cujo único consolo pela escravidão era ser ela bem disfarçada. Mas se, por um lado, a ambição saciada se sentia indigna, justamente, das recompensas da virtude, por outro, a liberdade vingada não teria hesitado em decretar a seus restauradores o louro, bem como a coroa cívica. Durante o breve júbilo inspirado no senado pelas notícias da batalha de Modena, Cícero[26] propôs uma resolução à qual Catão de bom grado assentiria. Ele pediu, em honra dos cônsules e do jovem Otávio, uma súplica ou ação de graças de cinquenta dias, e o título de imperador.[27] O senado não poderia recusar a Otávio o triunfo que usualmente se seguia a essas honras, e parece ter antevisto, sem alarme, a consequência. "Deveríamos", observou Cícero no senado, "recompensar aqueles que mataram mil bárbaros, quando não recompensamos os salvadores da República? Esqueçamos que Antonio e seus seguidores foram um dia cidadãos, título que mereceriam perder, por terem violado todos os seus deveres. Roma não deve ver

---

[25] Apiano, *De bellum civile*, II. (N.A.)
[26] Cícero, *Filípicas*, XIV, 5. (N.A.)
[27] Ver nota em "Do direito ao triunfo", neste volume. (N.T.)

neles nada além de inimigos, igualmente cruéis, cem vezes mais merecedores de punições que o próprio Aníbal." A única objeção que poderia ser feita a Cícero é que ele derrotara Catilina e não requisitara triunfo. Mas o novo vencedor era Antonio, de mente vacilante, que não tivera espírito para atuar nem como conspirador nem como cidadão e covardemente se contentara em contemplar a destruição de seus antigos amigos pela armas de seu lugar-tenente Petreio. Cícero teria acrescentado, com prazer, que Catilina fora derrotado por si mesmo no senado, e que esse conspirador, formidável apenas em Roma, rebaixara-se, desde que fugira da capital, a líder de um mísero bando de ladrões.

Os subversores da liberdade, que não gostariam que fossem esquecidos os seus feitos em batalhas contra o próprio país, tentaram, como o grande Condé,[28] forjar meios de imortalizar sua glória sem perpetuar a memória de seus crimes. 1. A ostentação do triunfo eles substituíram pela cerimônia, mais modesta, da ovação, em que os vencedores eram homenageados sem que os derrotados fossem ofendidos. Foi assim que Augusto foi recebido em Roma após a derrota de Bruto e de Cássio, depois da guerra na Sicília e após a vitória sobre o segundo Pompeu. 2. Como as guerras civis envolveram todo o mundo romano, e cada líder de facção tinha seus reis e nações aliadas, o triunfo expunha abertamente apenas os aliados estrangeiros e deixava à imaginação dos romanos que suprisse as vítimas domésticas que o vitorioso tinha a decência de parecer querer esconder.[29] Augusto triunfou pela derrota imposta à esquadra egípcia em

---

[28] Luís II, príncipe de Bourbon, "o grande Condé", general de Luís XIV, que, após ter combatido em Flandres ao lado dos espanhóis, contra os franceses, retorna à pátria e obtém o perdão real (1659). Segue-se uma carreira de vitórias obtidas para o rei da França. (N.T.)

[29] A postura decorosa do vencedor é o sucedâneo de uma falta moral. Daí o efeito inevitável, propriamente sublime, do espetáculo triunfal, que incita a imaginação a preencher a lacuna deixada por objetos que todos sabem existir. Esta passagem pode ser remetida tanto à *Investigação* de Burke (II, 3-4) quanto ao *Tratado* de Hume (II, 3, IV). (N.T.)

Actium e pela conquista do Egito. Suprimiu o nome de Antonio e de seus lugares-tenentes; mas quem não se lembra deles, ao ouvir o nome de Cleópatra? Esse artifício continuou a ser empregado até a época de Vespasiano,[30] quando o nome dos Sarmatianos foi usado para justificar as honras triunfais que o senado decretou para Mucianus por seus serviços na guerra civil.

Restariam muitas observações a serem feitas: sobre o direito aos triunfos; sobre o título de imperador; sobre os triunfos no Monte Alba; e sobre as insígnias triunfais. Mas nossos generais esperam impacientes às portas de Roma. É hora de introduzi-los na cidade, e de examinar a via que eles seguiam, na ascensão ao Capitólio.

2. Sobre a via triunfal

De início eu pensava que os triunfos não seguiam nenhuma via particular, que o portão pelo qual adentravam a cidade e as ruas pelas quais passavam até chegar aos pés do Capitólio dependiam da localização do país que fora o palco da guerra. Os triunfos não seriam mais que uma encenação do retorno do general. Apesar de todos os artifícios decorativos de orgulho e magnificência, permaneceria uma inclinação para confiná--los aos limites de natureza e probabilidade. Em seu retorno da conquista da Macedônia, Paulo Emílio teria tomado a Via Apiana até o portão Capeno; e os conquistadores das províncias do norte teriam entrado em Roma pelos portões distinguidos pelos nomes de Flamínio e Colino. Uma passagem de Cícero me fez mudar de opinião. Em sua aguerrida denúncia de Piso, o orador põe diante dos olhos do acusado o seu vergonhoso retorno a Roma, verdadeiramente digno de sua escandalosa administração. Às

[30] Tácito, *História*, IV, 4. (N.A.)

volumosas multidões, às aclamações, ao júbilo com que o público costumava receber os procônsules vitoriosos, que davam a estes um gosto do que seria o seu triunfo, Cícero opõe o anonimato ou a obscuridade com que Piso retornara de uma província que teria laureado qualquer outro que não ele:[31] "Receando a luz, e os olhos dos homens, debandaste vossos soldados no portão Celimontâneo". Ao que Piso tolamente o interrompeu: "Estás enganado, retornei pelo portão Esquilino". "E o que importa", emendou o orador, "se não entraste pela *porta triumphalis*, que permaneceu aberta aos que vos precederam?" Segue-se naturalmente a consequência: generais triunfantes entravam por um portão que se abria exclusivamente para eles. Esse costume elevava a dignidade do triunfo, ao distingui-lo claramente de um retorno ordinário, e era digno da política dos romanos, que não consideravam desimportante qualquer circunstância com tendência a afetar a imaginação da multidão. A autoridade de Cícero prova que uma tal instituição prevalecia em seu tempo, e a natureza da questão persuade-me de que era muito mais antiga. Em épocas esclarecidas, os homens dificilmente se arriscam a estabelecer costumes respeitáveis apenas quanto ao propósito. O povo que respeitosamente segue a sabedoria de seus ancestrais despreza a de seus contemporâneos, e considera tais estabelecimentos meramente do ponto de vista que os expõe abertamente ao ridículo. Rômulo, ademais, quando instituiu o triunfo, fixou, com seu exemplo, não somente o lugar em que os troféus deveriam ser depositados, como também a via pela qual a procissão deveria seguir. Em conformidade com o seu exemplo, todos os que depois entraram em triunfo adoraram o Júpiter do Capitólio. Estou convencido de que entraram pela mesma via traçada por Rômulo, e que esta, aos olhos da posteridade, deve ter adquirido caráter sagrado. Quem ousaria alterar a rota

---

[31] Cícero, *Ad Pisonus*, 23. (N.A.)

da venerável procissão, desprezar uma autoridade fortificada pelo tempo, evitar os passos trilhados pelo fundador de Roma e do triunfo? Haveria motivo para uma inovação como essa, se o exemplo de Rômulo certamente bastava para determinar uma escolha em si mesma completamente indiferente? Tivesse havido um general triunfante de uma têmpera tão extraordinária que desprezasse cerimônias antigas, altamente envaidecedoras de sua glória pessoal, permitiria o senado, em sua sabedoria, um capricho tão insensato, a substituição da reverenciada instituição de ancestrais por uma inovação procedente de motivo inexplicável e sem nenhuma utilidade? Rômulo escolheu o Monte Capitolino como um lugar *religione patrum*, e sem dúvida tomou a via mais curta e mais conveniente ao voltar de Cenina. A partir dos diferentes relatos de autores sobre essa cidade, podemos formar uma noção geral de sua localização. Alguns a situam no território dos sabinos, outros no dos latinos, o que me faz crer que ela ficava naquela faixa de terreno, às margens do Ânio, em que as colônias dessas duas nações se misturavam e se confundiam entre si.[32] As diferentes linhas que podem ser traçadas desse distrito até Roma se encontram no Campo de Marte. O lado do Monte Capitolino que se volta para o Campo de Marte é rochoso e quase inacessível. Rômulo, portanto, teria que percorrer um circuito, ou pelo vale entre os Montes Capitolino e Quirinal, ou pela planície entre o Capitolino e o Rio Tíber. O portão pelo qual procuramos deve se encontrar dentro desses limites. Uma cadeia de evidências conjecturais me leva a essa conclusão, que apenas os fatos podem consubstanciar.[33] Entre as honras extraordinárias previstas em memória de Augusto, propôs-se que sua procissão funeral passasse pelo portão triunfal. O lugar de seu sepulcro já estava fixado. Os cidadãos contemplavam, diante dos olhos, o

---

[32] Plutarco, Stephanus Byzantinus [*De urbibus*], Tito Lívio, Dionísio de Halicarnasso. (N.A.)
[33] Tácito, *Anais*, I, 8. Suetônio, *Vida de Augusto*, 100. (N.A.)

elegante mausoléu em que estava sepultada parte de sua família. Ficava no Campo de Marte. O portão triunfal, portanto, não poderia estar muito longe dali.

Guiados por essas noções preliminares, podemos facilmente acompanhar as procissões triunfais, em particular as de Paulo Emílio e de Vespasiano. Este último, após ter passado a noite no templo de Ísis, encontrou-se com o senado, que esperava por ele no Pórtico Otaviano. Essas duas circunstâncias nos levam ao Campo de Marte, na vicinidade do teatro de Marcelo. No triunfo de Paulo Emílio, o povo ergueu andaimes para ver a procissão, que se encaminhou para o Circo Flamínio, e depois para aquele que se distingue pelo epíteto de Máximo. Horácio nutria a esperança de um dia ver os bretões acorrentados descendo a Via Sacra.[34] Esta palavra, *descendo*, combinada com a suposição de que o portão triunfal era próximo ao Campo de Marte, permite--nos traçar integralmente o progresso da procissão. Para tanto, seguiremos aqui, de forma abreviada, o padre Donati,[35] habilidoso antiquário que tratou da questão com um gosto e uma erudição que removem todas as dificuldades.

Pode-se supor, portanto, com muita probabilidade, que o desfile triunfal, tendo se reunido num espaço aberto, como na Equiria, por exemplo, ou no Campo de Marte, sob o mausoléu de Augusto, passaria pelo Circo Flamínio, adentraria a cidade pelo portão triunfal, entre o Capitólio e o Tíber, atravessaria a região chamada Velabrum, depois a extensão inteira do circo Máximo, percorreria o circuito do Monte Palatino, descendo pela Via Sacra até o Fórum, e então ascenderia ao Capitólio, pelo Clivo Capitolino, que começa no arco de Sétimo Severo. Essa hipótese, respaldada pelo testemunho direto de autores antigos, corresponde também a todas as circunstâncias conhecidas a respeito do

---

[34] Horácio, *Epodes*, VII, 7-8. (N.T.)
[35] Donati, *Roma vetus*, I, 22, pp. 79-88. (N.A.)

triunfo. Rômulo (para retomarmos nossa conjectura inicial) não poderia atravessar sua nova colônia, que então ocupava o topo do Monte Palatino, e é natural que tivesse optado por percorrê-la em circuito, para exibir aos cidadãos os monumentos de sua primeira vitória. Quando Roma, posteriormente, espalhou-se pelas sete colinas, a procissão naturalmente avançou pelas partes mais importantes e populosas da cidade. Uma numerosa multidão, confortavelmente acomodada nos circos e pórticos do Fórum, contemplava a procissão que passava diante de seus olhos, e poucos seriam os habitantes do Palatino ou de um dos lados do Esquilino e do Aventino que não a perceberiam, à distância, do topo de suas casas e templos. Ainda encontramos os arcos triunfais de muitos imperadores que, como Constantino, Tito, Sétimo, realmente triunfaram. É difícil determinar como teria procedido o senado ao erguê-los. Inclino-me a pensar que tendo adornado a via triunfal com arcos de madeira temporários, outros, mais sólidos, eram depois erigidos, feitos de pedra ou mármore, em localidades nas quais esses monumentos eram mais escassos. Quanto aos arcos dos imperadores que nunca de fato triunfaram, parece que sua própria vontade, a escolha do senado ou alguma circunstância particular determinava onde se situariam essas eternas provas da vaidade imperial e da mesquinhez romana.

Não hesito em me opor, quanto a isso, à autoridade de Nardini ou de Donati.[36] Eles discordam quanto à localização do portão triunfal. Nardini o encontra entre o Capitólio e o Tíber; Donati, entre os Montes Quirinal e Capitolino; e ambos o deslocam para uma parte da cidade muito distante do Portão Flamínio. Mas a proximidade com este me parece essencialmente conectada a toda hipótese provável a respeito. Eu poderia me contentar em assistir à disputa entre esses antiquários, Nardini provando que

---

[36] Donati, *Roma vetus*, I, 21, p. 72; Nardini, *Roma antica*, I, 9, p. 33; 10, pp. 47-50. (N.A.)

o Portão Flamínio era o mesmo que o Flumentano, e, portanto, estava próximo do Tíber, Donati sustentando que o portão triunfal estava entre o Capitólio e o Tíber; e poderia extrair, dos fatos assim provados, uma conclusão geral. Mas, em vez de jogar com uma erudição inútil, prefiro recorrer às seguintes conclusões, claras e convincentes. 1. Seria fácil o acesso às vias mais frequentadas, que se comunicavam com as principais ruas e edifícios da cidade. 2. A procissão triunfal adentraria Roma por uma das vias mais largas, passando por entre os edifícios mais importantes. Essa suposição pode ser refutada sem que isso afete a minha inferência. Se a via triunfal era a que havia sido seguida por Rômulo, a vaidade dos censores não pouparia esforços para adorná-la de maneira conveniente à sua destinação final. 3. Como o portão triunfal só era aberto para o vencedor e o seu séquito, seria necessário um outro, para a entrada das imensas multidões que acudiam a Roma pela via triunfal; e esse portão, com Marcial, eu considero ter sido o Flamínio.[37] Examinemos, de acordo com esses princípios, as duas localizações mais prováveis dos portões Triunfal e Flamínio. Numa delas, encontro os mais antigos edifícios do Campo de Marte, e o início dos subúrbios, que, desde o sexto século da existência de Roma, estendiam-se para além do portão Carmentale; encontro ainda o teatro de Marcelo; muitos templos, em particular o de Bellona, em que o general convocava o senado para solicitar triunfo; o Pórtico Otaviano e o Circo Flamínio, em que Lúculo pela última vez distribuiu donativos a suas tropas. Na outra, eu mal encontro algo que seja anterior à época de Trajano, quando o príncipe escavou parte do Monte Quirinal e estendeu o vale entre este último e o Capitolino, ao mesmo tempo adornando-o com um magnífico fórum. É completamente natural que uma via chamada *ampla* fosse aberta, logo depois, entre a Via Flamínia e a cidade.

[37] Marcial, *Epigramas*, X, 6. (N.A.)

Deveria eu recusar uma conjectura que me parece trazer tantas marcas de probabilidade? Penso que o portão triunfal não era outro que o do famoso Janus Geminus, muitas vezes dito Templo de Janus, cujas portas, conforme fossem abertas ou fechadas, denotavam, segundo a instrução de Numa, condição de guerra ou de paz. Seguem-se quatro circunstâncias, que me convencem da verdade de uma suposição que à primeira vista pode parecer paradoxal.

1. Em meio as reais ou alegadas obscuridades das explicações dos antigos sobre Janus, escolherei como guia o erudito Varro, que recebeu louvas dos romanos contemporâneos de Cícero por tê-los introduzido no conhecimento de sua própria cidade. Esse antiquário descreve Janus nos seguintes termos, ao falar dos portões de Roma na época de Rômulo: *Tertia est Janualis dicta ab Jano, et ideo ibi positum Jani signum, et ejus institutum a Pompilio, ut scribit in annalibus Piso, ut sit clausa semper, nisi cum bellum sit nusquam.*[38] — É sabido que o muro erguido por Rômulo, embora se estendesse em todas as outras direções, permaneceu sempre o mesmo, no lado do Capitólio e do Tíber; e as expressões de Varro claramente se referem a um portão que existia em sua época ou senão na de Piso. O mesmo sentido pode ser extraído dos mais corretos autores da Antiguidade. Eu sei que proposições taxativas são arriscadas, por isso não afirmarei que a expressão *Templo de Janus* não se encontra em nenhum autor latino puro; mas percebo que Lívio, Horácio, Suetônio e Plínio[39] empregam os nomes próprios Janus Geminus, Janus Quirini e Janus Quirino. Virgílio, que descreve costumes antigos com o fogo dos poetas e a acuidade dos antiquários, menciona tal

---

[38] Varro, V, 165. ["O terceiro portão é o Janual, denominado a partir de Janus, e por isso a estátua de Janus foi ali colocada. Pompílio, conforme relata Piso nos *Anais*, instituiu a prática obrigatória de que o portão deveria estar sempre aberto, exceto quando não houvesse guerra em parte alguma da República."] (N.T.)
[39] Tito Lívio, *História de Roma*, I; Suetônio, *Vida de Augusto*, 23, e *Vida de Nero*, 12; Horácio, *Carmines*, IV, 15; Plínio, *História Natural*, XXXXIV, 7. (N.A.)

instituição entre os latinos, mas nunca emprega a palavra *templo* ao falar dos portões da guerra:

> *Sunt geminae belli portae (sic nomine dicunt),*
> *Religione sacrae et asevi formidine Martis;*
> *Centum aerei claudunt vectes, aeternaque ferri*
> *Robora: nec custos absistit limine Janus.*[40]

Nessa descrição, cada palavra indica uma arcada, tal como as dos portões da cidade, que se fechavam com portas de bronze e eram consagrados por uma estátua de Janus, disposta talvez num nicho na parede dos muros. Embora autores modernos tenham tentado converter o Janus Geminus num templo famoso, sua falta de acuidade não me impede de dar às palavras o sentido primitivo que elas tinham, que concorda perfeitamente com as expressões de Varro. O portão triunfal e o portão de Janus pertenciam, assim, ao mesmo muro. Do que eu posso concluir que sua identidade é possível.

2. Mas, para que ela seja provável, tentaremos fixar mais acuradamente a localização do portão de Janus Geminus.[41] De acordo com Lívio, Numa Pompílio erigiu esse portão na extremidade inferior do Argiletum, para servir como índice de guerra ou paz. Sabemos que o Argiletum, embora de etimologia incerta, situa-se nas proximidades dos pés da montanha Tarpeiana, não longe do Tíber;[42] e Sérvio fixa sua localização ainda mais precisamente, dizendo que estava na vicinidade do Templo de Marcelo. O portão triunfal e o portão de Janus se situariam nos limites dessa pequena parcela do muro, entre a montanha Tarpeiana e o rio Tíber. Nos mesmos limites, portanto,

---

[40] Virgílio, *Eneida*, VII, v. 607-10. ["Duas portas há, bélicas ditas, / Que santo horror defende e o cru Mavorte: / Barras, ferrolhos cem de bronze as trancam; / Sempre ao limiar de sentinela Jano." Trad. Odorico Mendes, 606-9.] (N.A.)

[41] Tito Lívio, *História de Roma*, I; Servilus, *Ad Eneida*, VII; Nardini, *Roma antica*, VII, 4, p. 439. (N.A.)

[42] Donati, *Roma vetus*, II, 26, p. 212. (N.A.)

forçosamente encontraremos três portões, o Flumentano ou Flamínio, próximo ao rio, o Carmentalis aos pés da montanha, o Triunfal, entre os outros dois. Numa extensão de apenas cem léguas,[43] num muro repleto de torres, seria natural supor um quarto portão? Não seria mais provável que esse suposto quarto portão fosse o nome diferente de um dos três outros? A localização do Portão Janus no Argiletum, dada expressamente por Lívio e por Sérvio e bastante consistente com os termos de Varro, não é oposta por nenhuma outra autoridade além de Procópio,[44] que diz que o templo de Janus se encontrava no Fórum, na frente do Capitólio. Mas Procópio não diz que esse templo era o de Janus Geminus; e, não importa o que ele diga, inclino-me antes a rejeitar a autoridade de um soldado do século VI que fala de um monumento que não existia mais do que a supor, com Nardini,[45] que haveria dois Janus, empregados como signos de guerra e paz, um deles no antigo Portão Janualis, que Numa convertera em templo, o outro num templo posteriormente erguido em Argiletum. Esses dois Janus são totalmente desconhecidos dos autores antigos, e Varro afirma explicitamente o que Lívio apenas insinua: Numa instituíra uma nova cerimônia sem erguer um novo edifício.

3. Os portões da guerra e do triunfo estariam, portanto, tão próximos um do outro que seria difícil distingui-los; e uma peculiaridade em comum me inclina a considerá-los o mesmo. Esses dois portões eram consagrados pela opinião pública e pelas cerimônias religiosas. De acordo com as instituições dos toscanos,[46] muros eram sagrados, mas portões eram profanos; e, quando foi traçado o sítio sagrado de Pomerium, interrompeu-se, aqui e ali, o cercamento da terra, deixando-se livres os espaços

---
[43] Eu medi a distância pelo grande mapa de Roma por Nolli. (N.A.)
[44] Procopius, *De bellum Gothicae*, I. (N.A.)
[45] Nardini, *Roma antica*, I, 3, p. 13; V, 7, pp. 256-7. (N.A.)
[46] Plutarco, *Vida de Rômulo*. (N.A.)

necessários ao expelimento de impurezas inconvenientes à cidade. Mas o portão triunfal, destinado exclusivamente à admissão, na cidade, da mais venerável das procissões religiosas, não precisaria estar submetido a essa regulação. Que certamente é o caso, mostram as honras propostas para celebrar a memória de Augusto,[47] e que Tibério rejeitou, pois seria tão contrário à religião introduzir um cadáver pelo portão triunfal quanto recolher os ossos de Augusto com as mãos de sacerdotes ou determinar a duração do século tendo como base sua vida. Aos deuses somente cabia demarcar, com prodígios, a duração de cada período.

4. A presumida identidade entre dois portões cuja semelhança é tão forte explicaria perfeitamente a instituição divisada por Numa, bem como a razão de o Portão Janus permanecer aberto em tempos de guerra e fechado em tempos de paz. Os símbolos contrários poderiam parecer mais naturais. O livre e aberto acesso à cidade declararia a segurança da paz. Em meio ao medo e à desconfiança, ocasionados pela guerra contra inimigos vizinhos, o fechamento dos portões seria empregado como meio mais natural de defesa. Mas, por instituição de Numa, os portões eram abertos no início das guerras, pois eram os portões da glória, e assim permaneciam até que por eles tivesse passado o pequeno número de grandes homens intitulados a tanto. Os mesmos portões eram fechados quando o retorno da paz interditava a via triunfal. Os romanos raramente interditavam essa via. A cerimônia de fechar o portão de Janus requeria não somente a paz de fato, que os romanos tantas vezes desfrutaram, como também a inclinação do senado a torná-la duradoura, que esse corpo só mostrou durante os tranquilos reinados de Numa e de Augusto e durante o período de fraqueza nacional ocasionado pela primeira Guerra Púnica.

---

[47] Suetônio, *Vida de Augusto*, 100; Tácito, *Anais*, I, 8. (N.A.)

3. Dos espetáculos e cerimônias triunfais

É preciso parar. Este capítulo arrisca a se tornar um volume. Podemos confiar aos antiquários a tarefa de descrever os espetáculos triunfais — as vítimas, os sacrifícios, os vasos de ouro e de prata, as coroas. Irei me concentrar numa única circunstância, que merece a atenção do filósofo, pois é graças a ela que essa instituição honrosamente se distingue de fatigantes e vãs solenidades que só produzem desdém e fastio. O triunfo convertia os espectadores em atores, exibindo objetos grandes, reais, que não poderiam deixar de comover suas afecções.

Os mais brilhantes espetáculos de corte, os carrosséis de Luís XIV ou as festividades do duque de Wurtemburgo atestam a riqueza e por vezes o bom gosto dos príncipes. Podemos contemplá-los, se quisermos observar o estado das artes e as maneiras em certa época ou país; mas nossos olhos logo se cansam ou se desgostam quando percebem que esses imensos recursos servem para aliviar o langor ou para gratificar a vaidade de um só homem. Vejo multidões de cortesãos indiferentes, bocejando ou tentando esconder, a todo custo, sob a máscara do prazer, o incômodo que os aflige. Ouço os gritos de queixa de todo um povo, que percebe, por trás de uma partida de caça no campo, a desolação de uma província, e que encontra, num domo reluzente, um monumento à opressão de cem agricultores esmagados por impostos. Desses objetos, desvio minha atenção, horrorizado. Cerimônias religiosas, quando se apresentam aos homens em trajes veneráveis, apoderam-se firmemente de suas afecções; mas sua influência só será completa se os espectadores acreditarem piamente no sistema teológico em que se fundam e tiverem em si mesmos aquela disposição de espírito que predispõe aos terrores religiosos. A falta de respeito por tais cerimônias leva a contemplá-las com o mesmo desprezo suscitado pela mais ridícula pantomima.

No triunfo, cada uma das circunstâncias era grande e interessante. Para deixar-se impressionar por elas, era suficiente ser homem e ser romano. Com os olhos de cidadãos, os espectadores contemplavam a imagem, ou antes a *realidade* da glória pública. Os tesouros levados em procissão, os mais preciosos exemplares da arte, os sangrentos espólios do inimigo, exibiam um quadro fiel da guerra e ilustravam a imponência da conquista. Uma silenciosa, porém irrecusável linguagem, instruía os romanos dos feitos e do mérito de seus compatriotas: símbolos cuidadosamente escolhidos mostravam as cidades, os rios, as montanhas, as paisagens da nação conquistada, e mesmo os deuses do inimigo prostrado, submetidos à majestade de Júpiter Capitolino. Sob o impacto de uma vitória recente e manifesta, orgulho, curiosidade e devoção se combinavam num fermento em que predominava a poderosa paixão do entusiasmo. Às vezes, sentimentos mais tenros penetravam o peito do cidadão, quando encontrava um filho, um irmão ou um amigo que sobrevivera aos perigos da guerra, seguindo a carruagem triunfal, coberto de recompensas por seu valor. A glória do comandante não se confinava ao estreito círculo de sua família e de seus amigos. Redundava em honra para cada um dos cidadãos, que compartilhavam da dignidade adquirida para o nome de Roma e poderiam talvez se orgulhar de ter contribuído para a elevação a cônsul desse grande homem, ao elegê-lo com base na percepção de seu mérito e na desinteressada comparação com o de seus rivais.

Quando o cidadão pousava os olhos nos reis derrotados exibidos em triunfo, seu próprio orgulho triunfava novamente sobre eles, e insultava a humanidade. Mas, se um sentimento de compaixão se impunha a seus mais arraigados preconceitos e ele se rendia à visão de um monarca derrotado, acompanhado de seus inocentes herdeiros, ainda inconscientes do próprio infortúnio, sua ternura era recompensada com o deleitoso prazer que a natureza paga por essas lágrimas.

A sorte desses infortunados príncipes é conhecida. Vítimas das políticas de estado e do orgulho romano, sua humilhante prisão terminava com uma morte desonrosa, que até então lhes fora subtraída pela desgraça de serem exibidos em triunfo. Na conduta dos romanos em relação a esses reis encontra-se, no entanto, um capricho singular que não é fácil de explicar. É o que mostra o seguinte episódio. Após o triunfo de Paulo Emílio pela conquista da Macedônia, o senado baniu Perseu para Alba Facetia, no território dos Marsi, ofereceu-lhe todos os confortos que se poderia ter sem a liberdade, e honrou-o com a pompa de um funeral público. Esse tratamento é oposto ao que conheceu o infeliz Jugurta, que morreu num calabouço após ter suportado os tormentos da fome e do desespero, tão mais horríveis pela situação lamentável e solitária em que se encontrava, sem a perspectiva de glória, da presença de espectadores, do espetáculo de uma execução pública, que, embora aterrorizante, fortifica a mente. Qual a razão desses diferentes tratamentos? Ambos os príncipes eram jurados inimigos do nome de Roma, e ambos tinham as mãos sujas com o sangue de um irmão que fora amigo dos romanos. A esses crimes, Perseu acrescentara o assassinato de um rei aliado do senado romano e a tentativa de envenenar embaixadores de Roma. Mas enquanto Perseu era um monumento à virtude da República, a quem estava associada a ideia de uma guerra gloriosa, com Jugurta os romanos gostariam de ter enterrado para sempre a memória de suas próprias desgraças, suas legiões aprisionadas, cônsules, embaixadores, o senado inteiro corrompido pelas propinas desse príncipe, a baixeza da República, outrora escondida, enfim exposta ao mundo inteiro. Tais foram os crimes de Jugurta, e por eles os romanos jamais poderiam tê-lo perdoado.

Roma, 13 de dezembro de 1764.

SITUAÇÃO DA GERMÂNIA ANTES DA INVASÃO DE ROMA PELOS BÁRBAROS[1]

O governo e a religião da Pérsia mereceram de nós alguma atenção por terem conexão com o declínio e queda do Império Romano. Mencionaremos ocasionalmente as tribos citas ou sarmatianas, que com seus guerreiros e cavalos, suas manadas e rebanhos, suas esposas e famílias, vagaram pelas imensas planícies que se estendiam do Cáspio à Vístula, dos confins da Pérsia aos da Germânia. Mas os belicosos germânicos, que primeiro resistiram a Roma, depois invadiram e por fim derrubaram a monarquia ocidental, terão um lugar de destaque nesta história, exigindo de nós mais atenção e cuidado, até por serem os nossos ancestrais. As nações mais civilizadas da Europa moderna surgiram das florestas da Germânia, e nas rudimentares instituições desses bárbaros podemos distinguir os princípios originários de nossas atuais maneiras e leis. Em sua primitiva condição de simplicidade e independência, os germânicos foram observados pelo penetrante olhar e delineados pelo magistral pincel de Tácito, primeiro historiador a aplicar a ciência da filosofia ao estudo dos fatos. Em seu incomparável tratado,[2] que contém, talvez, mais ideias do que palavras,[3] ele

---

[1] Capítulo 9 do livro I de *Declínio e queda do Império Romano* (1776). Traduzido do original inglês, a partir da 6. ed. (1784). (N.T.)

[2] Tácito, *Germânia*. A obra data do mesmo período que *Agrícola*, sobre o administrador romano do arquipélago britânico, e do *Diálogo dos oradores*, sendo anterior a *Histórias* e *Anais*. (N.T.)

[3] O elogio faz referência a uma passagem de Cícero sobre Tucídides, em cujos escritos "se encontram quase tantas ideias quantas são as palavras. Há tanta justeza, tanta concisão em seu estilo, que não sabemos qual, se o pensamento ou a expressão, é mais excelente". *De oratore*, II, 56. (N.T.)

empreendeu uma descrição das maneiras germânicas que não somente mobilizou a diligência de inumeráveis estudiosos de antiguidades como também deu emprego ao gênio e à penetração dos historiadores filosóficos de nossa época. O assunto, por variado e importante que seja, foi tantas vezes e tão habilmente e tão satisfatoriamente discutido, que se tornou familiar para o leitor e difícil para o autor. Por isso, nos restringiremos a observar, a repetir mesmo, algumas das mais importantes circunstâncias referentes ao clima, às maneiras e às instituições que fizeram dos selvagens bárbaros da Germânia inimigos tão formidáveis do poderio romano.

Extensão da Germânia.

A antiga Germânia, excluindo-se de seus limites a província a oeste do Reno, que se submetera ao jugo romano, estendia-se por uma terça parte da Europa. O que hoje corresponde a praticamente toda a moderna Alemanha, a Dinamarca, Noruega, Suécia, Finlândia, Letônia, Prússia e à maior parte da Polônia era habitado pelas muitas tribos de uma grande nação, com uma compleição, com maneiras e línguas que denotavam uma origem comum e preservavam fortes semelhanças entre si. A oeste, a antiga Germânia era separada da Gália pelo Reno, ao sul, das províncias Ilírias do império pelo Danúbio. Uma cadeia de montanhas, chamadas Carpácias, se erguia do Danúbio e protegia a Germânia da Dácia ou Hungria. A tênue fronteira oriental era traçada pelo recíproco receio entre os germânicos e os sarmatianos, sendo frequentemente borrada pelos conflitos entre as belicosas tribos confederadas dessas duas nações. Nas remotas trevas ao norte, os antigos entreveram imperfeitamente um oceano gelado, que estaria para além do Báltico e da Península ou das ilhas da Escandinávia.[4]

---

[4] Os modernos filósofos da Suécia parecem estar de acordo que as águas do Báltico se tornam cada vez mais rasas, à razão de meia polegada por ano. Supõem ainda que há vinte séculos as planícies da Escandinávia estariam submersas pelo mar

Alguns autores perspicazes[5] suspeitam que a Europa era então muito mais fria do que atualmente, e as mais antigas descrições do clima da Germânia tendem unanimemente a confirmar essa teoria. As queixas de intensas geadas e de inverno permanente talvez possam ser ignoradas, pois não temos um método que permita reduzir ao acurado padrão do termômetro as sensações ou as expressões de um orador nascido nas acolhedoras regiões da Grécia ou da Ásia. Mas eu encontro duas provas notáveis, de natureza menos equívoca. 1. Os grandes rios que cruzavam as províncias romanas, o Reno e o Danúbio, frequentemente encontravam-se congelados e eram capazes de suportar pesos enormes. Os bárbaros, que costumavam escolher a estação severa para suas investidas, conduziam, sem temer o perigo, seus numerosos guerreiros, suas cavalarias e suas pesadas carruagens por uma comprida e sólida ponte de gelo.[6] Épocas modernas não oferecem exemplos de fenômeno semelhante a esse. 2. O veado galheiro, esse útil animal, do qual o selvagem do norte derivava os melhores confortos de sua vida árida, é de uma constituição que suporta e mesmo requer o frio mais intenso. É encontrado na montanha de Spitzberg, a dez graus ao sul do polo, e parece se deleitar com a neve da Lapônia e da Sibéria; mas, atualmente, não consegue subsistir, menos

Clima.

e suas montanhas despontariam como ilhas de várias formas e dimensões. Tal é a noção que nos oferecem, dos países bálticos, Mela, Plínio e Tácito. Ver, na *Bibliothèque raisonnée*, XL e XLV, o abrangente resumo da *História da Suécia*, de Dalin, redigida originalmente em sueco. [Na época de Tácito, os romanos acreditavam que os países escandinavos eram ilhas.] (N.A.)
[5] Em particular o sr. Hume, *Political Essays*; o abade Dubos, *Histoire de la monarchie française*, I; e o sr. Peloutier, *Histoire des Celtes*, I. (N.A.)
[6] Diodoro Sícolo, *Biblioteca romana*, V. Herodiano, VI. Jornandes, 55. Nas margens do Danúbio, o vinho chegava à mesa congelado, *frussa vini*. Ovídio, *Epístolas do Ponto*, IV, 7-10. Virgílio, *Geórgicas*, III, 355. O fato é confirmado por um soldado e filósofo que experimentou o intenso frio da Trácia: Xenofonte, *Anabase*, I, 7. (N.A.)

ainda se multiplicar, em nenhum país ao sul do Báltico.[7] Na época de César, o veado galheiro, a exemplo do alce e do touro selvagem, era nativo da floresta Hercínia, que então recobria grande parte das atuais Alemanha e Polônia.[8] Modernos aprimoramentos explicam suficientemente as causas da diminuição do frio. Essas imensas florestas foram gradualmente derrubadas, por impedirem que os raios do sol banhassem o solo.[9] Os pântanos foram drenados, e à medida que o solo era cultivado o ar se tornava mais temperado. O Canadá atual é o exato retrato da antiga Germânia. Embora se situe no mesmo paralelo que as mais finas províncias da França e da Inglaterra, esse país experimenta o mais rigoroso frio. O veado galheiro é ali bastante numeroso, o solo é coberto por espessa e sólida camada de neve, e o grande São Lourenço se encontra constantemente congelado, contrariamente ao que acontece com as águas do Sena ou do Tâmisa.[10]

<small>Efeitos sobre os nativos.</small>

É difícil determinar e fácil exagerar a influência do clima da Germânia antiga no espírito e no corpo dos nativos. Muitos autores supuseram, e a maioria deles reconhece, embora, ao que parece, sem qualquer prova adequada, que o rigoroso frio do norte era favorável à vida longa e ao vigor generativo, que as mulheres eram mais férteis e a espécie humana era mais prolífica do que em climas mais temperados.[11] Podemos afirmar com segurança que o cortante ar da Germânia formou

---

[7] Buffon, *Histoire naturelle*, tomo XII, pp. 79, 116. (N.A.)
[8] César, *Guerra da Gália*, VI, 23 ss. Mesmo os mais curiosos germânicos ignoravam os limites últimos dessa floresta, que alguns haviam percorrido por mais de sessenta dias. (N.A.)
[9] Cluverius (*Germania antica*, I, 3, 47) investiga os pequenos e dispersos remanescentes da floresta Hercínia. (N.A.)
[10] Charlevoix, *Histoire du Canada*. (N.A.) [As correntes marítimas, que explicam as acentuadas diferenças climáticas entre América do Norte e Europa referidas por Gibbon, foram descobertas posteriormente.]
[11] Olaus Rudbeck afirma que é frequente as mulheres suecas terem dez ou doze filhos e não é incomum que tenham vinte ou trinta. Mas a autoridade de Rudbeck é altamente suspeita. (N.A.)

os imensos e másculos membros dos nativos (cuja estatura era, em geral, superior à dos povos do sul[12]), deu-lhes uma espécie de força mais adaptada a violentas erupções do que ao trabalho paciente e inspirou-lhes a bravura constitutiva de seu caráter, como resultado de seus nervos e espíritos. A severidade de uma campanha de inverno, que arrefecia a coragem das tropas romanas, mal era sentida por esses robustos filhos do norte,[13] que, por sua vez, não resistiam ao calor do verão e mergulhavam em letargia e doenças quando expostos aos raios do sol italiano.[14]

Não se encontra, em parte alguma do globo terrestre, uma porção de terra que permaneça totalmente inabitada ou cuja ocupação inicial possa ser fixada com algum grau de certeza histórica. Mas, como os espíritos mais filosóficos não resistem a investigar a infância das grandes nações, nossa curiosidade se acostumou a cansativos e decepcionantes esforços nesse sentido. Quando Tácito considerou a pureza do sangue dos germânicos e o aspecto pouco convidativo do país que habitavam, prontificou-se a chamar esses bárbaros de *indigenae*, ou nativos do solo. Podemos aceitar com segurança, como uma verdade provável, que a Germânia antiga não foi originalmente habitada por colônias estrangeiras já conformadas à sociedade política,[15] mas veio a existir

Origem dos germânicos.

---

[12] *In homini domo nudi ac sordidi hos artus, in haec corpora, quae miramur, excrescunt.* Tácito, *Germânia*, 20; Cluverius, *Germania antica*, I, 14. ["Em cada família eles crescem, nus e imundos, até adquirirem os membros e o corpo que tanto admiramos."] (N.A.)

[13] Plutarco, "Vida de Mario". Os cimbri tinham o hábito de deslizar em seus enormes escudos pelas montanhas cobertas de neve. (N.A.)

[14] Os romanos travavam guerra em todos os climas, e graças à sua excelente disciplina conservavam, em boa medida, a saúde e o vigor. Deve-se notar que o homem é o único animal que consegue viver e se multiplicar em todos os países, da linha do Equador aos polos. O porco parece ser o que mais se aproxima de nós quanto a esse privilégio. (N.A.)

[15] Tácito, *Germânia*, 3. A emigração dos gauleses seguia o curso do Danúbio e desembocava na Grécia e na Ásia. Tácito descobriu ali uma única tribo, sem importância, que retivera traços de origem gaulesa. (N.A.)

Fábulas e conjecturas.

como nação a partir da gradual reunião de tribos nômades da floresta Hercínia. Afirmar que esses selvagens teriam sido espontaneamente produzidos pelo solo que habitavam seria uma inferência grosseira, condenada pela religião e desautorizada pela razão.

Essa dúvida, bastante razoável, não cai bem à vaidade dos povos. Para as nações que adotaram a história mosaica do mundo, a Arca de Noé tem a mesma função que gregos e romanos outrora atribuíam ao cerco de Troia. Com base em fatos exíguos, ergueu-se uma imensa, porém precária superestrutura de fábulas, e tanto o selvagem irlandês[16] quanto o tártaro[17] reclamam o filho de Jafé como ancestral mais distante. No século passado, uma legião de estudiosos de antiguidades, profundamente eruditos, porém crédulos, conduziu, à luz de lendas e tradições, conjecturas e etimologias, os tataranetos de Noé da Torre de Babel até as extremidades do globo. Desses judiciosos críticos, um dos mais curiosos era Olaus Rudbeck, professor na Universidade de Upsala.[18] Tudo o que houvesse de célebre, na história ou na fábula, esse zeloso patriota atribuía ao seu país. Da Suécia (que formara parte considerável da Germânia antiga) os gregos derivaram seus caracteres alfabéticos, sua astronomia, sua religião. Dessa encantadora região, a Atlântida de Platão, o país dos Hiperbórios, os jardins das Espérides, a Ilha do Amor, mesmo

---

[16] De acordo com o dr. Keating (*História da Irlanda*, pp. 13-4), o gigante Partholanus, filho de Seara, filho de Esia, filho de Sru, filho de Framant, filho de Fathaclan, filho de Magog, filho de Jafé, filho de Noé, chegou à costa de Münster no dia 14 de maio, no ano 1978 da criação. Embora tenha sido bem-sucedido em sua empreitada, teve uma vida doméstica muito infeliz, por causa da promiscuidade de sua esposa, que tanto o provocou que, para vingar-se dela, ele matou o seu cão favorito. Observa mui apropriadamente o historiador que é esse o primeiro exemplo de dissimulação e infidelidade feminina registrado na Irlanda. (N.A.)

[17] Abulghazi Bahadur Khan, *História genealógica dos tártaros*. (N.A.)

[18] Sua obra, intitulada *Atlântica*, é extremamente rara. Bayle nos oferece dela dois extratos muito curiosos, *Republique des Lettres*, jan.-fev. 1685. (N.A.)

os Campos Elíseos, seriam imagens imperfeitas e pálidas. Um clima tão profusamente privilegiado pela natureza não poderia ter permanecido inabitado após o dilúvio. O erudito Rudbeck multiplica a família de Noé, de oito mil para vinte mil pessoas. Ele as dispersa então em pequenas colônias, para povoar a terra e propagar a espécie humana. O destacamento germânico ou sueco (que marchou, se não estou enganado, sob o comando de Askenaz, filho de Gomer, filho de Jafé), sobressaiu pela incomum diligência na realização da grandiosa obra. O grotão do norte espalhou levas pela maior parte da Europa, da África e da Ásia, irrigando seu sangue (para usarmos a metáfora do autor) do coração para as extremidades da terra.

Esse elaboradíssimo sistema de antiguidades germânicas vem abaixo, porém, com um único fato, muito bem atestado e decisivo demais para admitir resposta. Os germânicos da época de Tácito desconheciam o uso das letras,[19] e o uso das letras é a principal circunstância que distingue um povo civilizado de uma horda de selvagens incapazes de conhecimento ou reflexão. Sem o auxílio desse artifício, a memória humana logo dissipa ou corrompe as ideias confiadas à sua guarda, e as faculdades mais nobres da mente, privadas de modelos ou materiais, gradualmente perdem seus próprios poderes, o juízo se torna vacilante e letárgico, a imaginação, lânguida e irregular. Para apreendermos integralmente essa importante verdade, tentemos, numa sociedade desenvolvida, calcular a imensa

Germânicos ignoravam as letras.

---

[19] *Literatum secreta viri pariter ac feminae ignorant.* ["Homens e mulheres ignoravam igualmente o segredo das letras."] Tácito, *Germânia*, 19. Podemos nos contentar com essa autoridade definitiva, sem entrar nas obscuras disputas sobre a antiguidade dos caracteres alfabéticos rúnicos. O erudito Celsius, sueco, escoliasta e filósofo, tinha a opinião de que não eram mais que caracteres romanos com curvas alteradas em linhas retas para facilitar a cunhagem. Ver Pelloutier, *Histoire des celtes*, I, 2, cap. 11; *Dictionaire diplomatique*, I, p. 223. Podemos acrescentar que as mais antigas inscrições rúnicas seriam do século III, e que o mais antigo autor a mencionar caracteres rúnicos é Venantius Fortunatus, que no século VI escreve a Flavus: *Barbara fraxineis pingatur runa tabellis.* ["Em tabletes de madeira podeis pintar rúnicas bárbaras."] (N.A.)

distância que separa o homem instruído do camponês *iletrado*. O primeiro, por meio de leitura e reflexão, multiplica sua própria experiência, vive em épocas distantes e países remotos; o último, enraizado num único ponto e confinado a uns poucos anos de existência, mal ultrapassa seu companheiro de trabalho, o boi, no exercício das faculdades mentais. Uma diferença como essa, ou ainda maior, encontra-se entre as nações, e podemos declarar com segurança que sem alguma espécie de escrita nenhum povo jamais preservou fielmente os anais de sua própria história, ou realizou algum progresso considerável nas ciências abstratas, ou possuiu, num grau de perfeição minimamente tolerável, as úteis e agradáveis artes da vida.

Da arte da agricultura.
Dessas artes, os germânicos eram totalmente destituídos. Passavam suas vidas num estado de ignorância e pobreza que alguns declamadores houveram por bem dignificar com a denominação de virtuosa simplicidade. Estima-se que a moderna Alemanha contenha duas mil e trezentas cidades muradas.[20] Na muito mais vasta extensão da Germânia antiga, o geógrafo Ptolomeu não conseguiu encontrar mais que noventa localidades que merecessem o nome de cidade,[21] e estas, de acordo com nossas ideias, dificilmente teriam direito a esse esplêndido título. Só podemos supor que eram fortificações rudimentares, erguidas no meio das florestas com a finalidade de proteger as mulheres, as crianças e o gado, enquanto os guerreiros repeliam algum invasor inesperado.[22] Tácito nos garante que era um fato bem conhecido em sua época que os germânicos *não tinham* cidades[23] e faziam questão de desprezar as obras da engenharia romana como lugares de confinamento

---

[20] *Recherches philosophiques sur les américains*, tomo III, p. 228. O autor dessa curiosa obra é, se não me engano, alemão de nascença. (N.A.)
[21] O geógrafo alexandrino é frequentemente criticado pela acurado Cluverius. (N.A.)
[22] Ver César, *Guerra da Gália*, e o erudito sr. Whitaker, *History of Manchester*, v. I. (N.A.)
[23] Tácito, *Germânia*, 15. (N.A.)

e não de segurança.[24] Seus edifícios não eram contíguos, nem se agrupavam segundo parâmetros regulares:[25] cada bárbaro fixava residência na localidade que uma planície, uma floresta ou um córrego de água fresca o induzisse a escolher. Para essas frágeis habitações, não empregavam pedras, tijolos ou telhas:[26] elas não eram mais que cabanas circulares, erguidas com vigas atadas por palha, com uma abertura no topo para dar passagem à fumaça. No mais inclemente inverno, o robusto germânico se protegia com o couro de um animal. As nações que habitavam mais ao norte usavam peles, e as mulheres manufaturavam, para uso próprio, uma espécie grosseira de linho.[27] Os diversos gêneros de caça que abastecem as florestas germânicas supriam os habitantes com alimento e exercício.[28] Seus numerosos rebanhos de gado, menos notados pela beleza do que pela utilidade,[29] formavam o principal objeto de sua riqueza. Uma pequena quantidade de milho era o único produto que extraíam da terra: as plantações e pomares eram desconhecidos dos germânicos, e não seria de esperar incrementos na agricultura de um povo cuja propriedade trocava de mãos a cada ano, com a redistribuição das terras aráveis, e que nessa estranha operação evitava maiores disputas ao manter uma boa parte da terra desolada, sem cultivo.[30]

---

[24] Quando os germânicos libertaram os ubi de Colônia do jugo romano e os ajudaram a recuperar suas antigas maneiras, insistiram que fossem demolidos os muros que cercavam Colônia. *Postulamus a vobis, muros coloniae, munimenta servitii detrahatis; etiam fera animalia, si clausa teneas, virtutis obliviscuntur.* Tácito, *Histórias*, IV, 64. ["Requeremos que ponhais abaixo os muros de vossa cidade; mesmo os animais selvagens, quando confinados, perdem sua coragem natural."] (N.A.)
[25] Os irregulares vilarejos da Silésia têm muitas milhas de extensão. Ver Cluverius, *Germania antica*, I, 13. (N.A.)
[26] Cento e quarenta anos após Tácito, umas poucas estruturas regulares foram eguidas próximo ao Reno e ao Danúbio. Herodiano, *História*, VII, p. 234. (N.A.)
[27] Tácito, *Germânia*, 17. (N.A.)
[28] Tácito, *Germânia*, 5. (N.A.)
[29] César, *Guerra da Gália*, VI, 21. (N.A.)
[30] Tácito, *Germânia*, 26; César, *Guerra da Gália*, VI, 22. (N.A.)

Da arte no uso de metais.

Ouro, prata e ferro eram extremamente escassos na Germânia. Seus bárbaros habitantes careciam tanto de habilidade quanto de paciência para explorar os ricos veios de prata que com fartura recompensaram a atenção dos príncipes de Brunswick e da Saxônia. A Suécia, que hoje fornece ferro à Europa, ignorava suas próprias riquezas, e os armamentos dos germânicos no campo de batalha forneciam prova suficiente de quão pouco eles souberam utilizar esse metal, mesmo no uso mais nobre que a ele poderiam atribuir. As várias transações de paz e de guerra introduziram algumas moedas romanas (principalmente de prata) nas fronteiras do Reno e do Danúbio, mas as tribos mais distantes desconheciam totalmente o uso da moeda, realizavam seu escasso tráfico por meio da troca direta de mercadorias, e consideravam seus rudimentares potes de barro tão valiosos quanto os vasos de prata com que Roma presenteava seus príncipes e embaixadores.[31] Para uma mente capaz de reflexão, fatos de destaque como esses são mais instrutivos do que o tedioso detalhamento de circunstâncias subordinadas. O valor da moeda é estabelecido por consentimento geral, para expressar nossas necessidades e propriedades, assim como as letras foram inventadas para expressar nossas ideias; e ambas essas instituições, ao darem uma energia mais ativa aos poderes e paixões da mente humana, contribuíram para multiplicar os objetos que foram designados para representar. O uso de ouro e prata é, em grande medida, fictício, mas seria impossível enumerar os importantes e variados estímulos que a agricultura e as outras artes receberam do ferro, temperado e confeccionado pela intervenção do fogo e da destra mão do homem. A moeda é, numa palavra, o mais universal acicate da indústria humana,

---

[31] Tácito, *Germânia*, 6. (N.A.)

e o ferro é o seu mais poderoso instrumento; e é muito difícil conceber os meios pelos quais um povo que não é incitado por aquela nem auxiliado por este poderia emergir do mais grosseiro barbarismo.[32]

Se contemplarmos uma nação selvagem numa parte qualquer do globo, constataremos que a supina indolência e o desleixo constituem o seu caráter geral. Na condição civilizada, cada uma das faculdades do homem é expandida e exercitada; e uma grande cadeia de mútua dependência conecta e abrange os muitos membros da sociedade. A maioria dos homens se dedica a constante e útil trabalho. Os poucos seletos que a fortuna pôs acima da necessidade podem ocupar-se da busca pela glória, do aumento de seus bens, do aprimoramento de seu entendimento ou do cultivo dos deveres, dos prazeres e mesmo das trivialidades da vida social. Os germânicos não possuíam recursos tão variados. Os cuidados da casa e da família, a administração da terra e do gado eram delegados aos velhos e aos enfermos, às mulheres e aos escravos. O preguiçoso guerreiro, destituído de artes com que pudesse ocupar suas horas vagas, consumia seus dias e noites com a gratificação animal da alimentação e do sono. E, no entanto, por uma maravilhosa diversidade da natureza (de acordo com a observação de um autor que a sondou em seus mais profundos recessos), os mesmos bárbaros eram, alternadamente, os mais indolentes e os mais incansáveis dos homens. Deleitavam-se na preguiça, detestavam a tranquilidade.[33] Sua lânguida alma, oprimida pelo próprio peso, exigia ansiosa alguma nova e poderosa

Indolência dos germânicos.

---

[32] Diz-se que os mexicanos e os peruanos, sem uso de moeda ou de ferro, teriam realizado grandes progressos nas artes. Tais artes, e os monumentos que elas produziram, foram estranhamente exagerados. Ver *Recherches sur les américains*, II, p. 153 ss. (N.A.)
[33] Tácito, *Germânia*, 15. (N.A.)

sensação;[34] a guerra e o perigo eram as únicas distrações adequadas a esse feroz temperamento. O som que conclamava os germânicos às armas era uma dádiva para seus ouvidos. Despertava-os de sua desagradável letargia, dava-lhes uma ocupação ativa, e, com o intenso exercício do corpo e as violentas emoções da alma, propiciava-lhes um sentido mais vivo de sua própria existência. Nos arrastados intervalos de paz, esses bárbaros se entregavam imoderadamente ao jogo e à bebida, que, por diferentes meios, aquele por inflamar suas paixões, esta por extinguir sua razão, livravam-no do fardo do pensamento. Deleitavam-se em passar dias e noites à mesa, e o sangue de parentes e amigos não raro manchava essas tumultuadas assembleias embriagadas.[35] Suas dívidas de honra (a essa luz consideramos, graças a eles, as dívidas de jogo) eram acertadas com a mais romântica fidelidade. O desesperado jogador, que arriscara a própria pessoa e a própria liberdade num último lance de dados, resignadamente se submetia à decisão da fortuna e aceitava ser acorrentado, chicoteado e vendido como escravo em praças distantes, por um antagonista de sorte, porém mais fraco que ele.[36]

Seu gosto por bebidas fortes.

A cerveja forte, líquido obtido, com quase nenhuma arte, do trigo ou da cevada, similar a uma *corrupção* do vinho (como enfatiza Tácito), era suficiente para a grosseira lassidão germânica. Os que haviam provado os ricos vinhos da Itália, e, posteriormente, os da Gália, suspiravam por essa espécie mais deliciosa de intoxicação. Nunca tentaram, porém, adaptar (como foi feito depois, com muito sucesso) vinhas às

---

[34] Para as origens dessa antropologia, ver Dubos, *Refléxions critiques sur la poésie et la peinture*, I, 1, "Da necessidade de estar ocupado para fugir ao tédio, e da atração que os movimentos e as paixões exercem sobre os homens"; e Hume, no ensaio "Da tragédia". (N.T.)

[35] Tácito, *Germânia*, 15. (N.A.)

[36] Tácito, *Germânia*, 24. Pode ser que os germânicos tenham tomado de empréstimo aos romanos as *artes* do jogo, mas a *paixão* por ele é maravilhosamente inerente à espécie humana. (N.A.)

margens do Reno e do Danúbio, com o que teriam produzido materiais de vantajoso comércio. Obter pelo trabalho o que podia ser tomado com as armas era considerado indigno do espírito germânico.[37] Seu destemperado apetite por bebidas fortes muitas vezes levou-os a invadir províncias que a arte e a natureza haviam dotado daquelas tão desejadas iguarias. O toscano que traiu o seu país, entregando-o às nações celtas, atraiu-as para a Itália com a perspectiva dos ricos frutos e deliciosos vinhos produzidos pelo clima benfazejo.[38] Da mesma maneira, os embaixadores germânicos convidados à França durante as guerras civis do século XVII se encantaram com a possibilidade de adquirir as fartas plantações das províncias de Champanhe e Borgonha.[39] A embriaguez, o mais iliberal, mas não o mais perigoso de *nossos* vícios, era por vezes capaz, em homens de condição menos civilizada, de ocasionar uma batalha, uma guerra ou uma revolução.

O clima da antiga Germânia foi amenizado e o seu solo foi fertilizado pelos labores de dez séculos, a contar de Carlos Magno. A mesma extensão de terra que atualmente sustenta, sem dificuldade e com fartura, um milhão de lavradores e artesãos, era insuficiente para o suprimento básico de cem mil preguiçosos guerreiros.[40] Os germânicos abandonavam suas imensas florestas ao exercício da caça, empregavam no pastoreio a parte mais considerável de suas terras, cultivavam o resto de maneira rudimentar e descuidada, e depois acusavam de escasso e estéril um país que se recusava

Condição da população.

---

[37] Tácito, *Germânia*, 14. (N.A.)
[38] Plutarco, "Vida de Camilo". Tito Lívio, *História de Roma*, XXXIII. (N.A.)
[39] Dubos, *Histoire de la monarchie française*, I, p. 193. (N.A.)
[40] A nação da Helvetia, que surgiu no país chamado Suíça, continha 368 mil habitantes de ambos os sexos. César, *Guerra da Gália*, I, 29. Atualmente, o número de habitantes do Pays de Vaul (pequeno distrito às margens do lago Leman que se distingue muito mais pela polidez do que pela indústria) ultrapassa os 112 mil. Ver o excelente tratado do sr. Muret, nas *Mémoires de la société de Berne*. (N.A.)

a sustentá-los. As recorrentes carestias os alertavam com severidade para a importância das artes, mas o sofrimento nacional era periodicamente aliviado pela emigração de uma terça ou quarta parte da juventude.[41] A posse e o usufruto de propriedade são as cláusulas que comprometem um povo civilizado com a melhoria de seu país. Mas os germânicos, que carregavam consigo os bens que consideravam mais valiosos, suas armas, seu gado, e suas mulheres, não hesitavam em deixar para trás o profundo silêncio de suas florestas, movidos por extravagantes perspectivas de conquista e saque. As inumeráveis levas emitidas desse grande reservatório de nações foram multiplicadas pelo medo dos vencidos e pela credulidade dos séculos posteriores. Com base em fatos assim exagerados, estabeleceu-se gradualmente a opinião, apoiada em autores de notória reputação, de que nas épocas de César e de Tácito os habitantes do norte teriam sido muito mais numerosos do que hoje.[42] Uma investigação mais séria sobre as causas das populações parece ter convencido os filósofos modernos da falsidade e mesmo da impossibilidade de uma tal suposição. Aos nomes de Mariana e Maquiavel[43] podemos agora opor os de Robertson e Hume.[44]

Liberdade germânica.

A belicosa nação dos germânicos, desprovida de cidades, de letras, de artes ou de moeda, encontrou no desfrute da liberdade alguma compensação para essa condição selvagem. Sua pobreza assegurou sua liberdade, pois nossos desejos e posses são os mais fortes incitadores do despotismo. "Entre os suecos", diz Tácito, "riquezas são consideradas honrosas.

---

[41] Paulo Diácono, *Historia Langobradorum*, 1-3. Maquiavel, Dávila e os demais seguidores de Paulo representam essas emigrações como demasiadamente regulares e organizadas. (N.A.)

[42] Sir William Temple (*Observations Upon the United Provinces of the Netherlands*) e Montesquieu (*Espírito das leis*, XXIII) deram livre curso, na consideração desse tópico, à vivacidade de suas fantasias. (N.A.)

[43] Maquiavel, *História de Florença*, I; Mariana, *História da Espanha*, V, 1. (N.A.)

[44] Robertson, *The History of Charles V*; Hume, *Political Essays*. (N.A.)

Submetem-se, *por isso*, a um monarca absoluto, que em vez de conceder ao povo o livre uso das armas, como acontece no restante da Germânia, confina-o a uma custódia não como a de um cidadão, tampouco como a de um homem liberto, mas como a de um escravo. Os vizinhos dos suecos, os suevos, estão mergulhados abaixo do nível da servidão: obedecem a uma mulher."[45] Ao mencionar essas exceções, o grande historiador confirma a teoria geral do governo. Ficamos apenas sem saber como riquezas e despotismo teriam penetrado num remoto canto do norte, extinguindo ali a generosa chama que com tanta intensidade resplandecia na fronteira das províncias romanas; ou como os ancestrais dos dinamarqueses e noruegueses, que em épocas mais recentes se distinguiram por seu espírito indômito, poderiam ter renunciado tão docilmente ao caráter da liberdade germânica.[46] Algumas tribos, é verdade, na costa do Báltico, reconheciam a autoridade de reis, embora não entregassem a eles os direitos dos homens;[47] mas, na grande maioria da Germânia, a forma de governo era a democracia, temperada, e mesmo controlada, não tanto por leis gerais positivas quanto por ocasionais distinções de berço ou de valor, de eloquência ou de superstição.[48]

Governos civis, em sua primeira instituição, são associações voluntárias para a mútua defesa dos homens. Para obter esse fim, é absolutamente necessário que cada indivíduo

Assembleias populares.

---

[45] Tácito, *Germânia*, 44-5. Freinhemius (que dedicou à rainha da Suécia seu suplemento a Tito Lívio) se indigna com o historiador romano por sua insolência com rainhas do norte. (N.A.)

[46] Não poderíamos suspeitar que a superstição teria sido mãe do despotismo? Os descendentes de Odin (cuja raça só se extinguiu em 1060) teriam reinado na Suécia por mais de mil anos. O templo de Upsala era a antiga sede religiosa e política. Constato que em 1153 foi editada uma singular lei proibindo o uso e a posse de armas de todos, exceto os guardas reais. É provável que tenhamos aqui a pretensão de reviver uma instituição antiga. Ver Dalin, *História da Suécia*, na *Bibliothèque Raisonée*, XL, XLV. (N.A.)

[47] Tácito, *Germânia*, 43. (N.A.)

[48] Tácito, *Germânia*, 11 ss. (N.A.)

se represente como obrigado a submeter suas opiniões e ações privadas ao juízo da maioria de seus associados. As tribos germânicas se contentavam com essa rudimentar, mas abrangente delineação de sociedade política. Tão logo um jovem nascido de pais livres chegasse à idade adulta, era introduzido no conselho geral de seus compatriotas, onde era solenemente investido de um escudo e uma lança, e adotado como um membro igual da comunidade militar. A assembleia dos guerreiros da tribo era convocada em períodos regulares ou em emergências súbitas. O julgamento de ofensas públicas, a eleição de magistrados e as grandes decisões de guerra ou de paz eram determinadas por sua voz independente. Por vezes, essas decisões eram previamente debatidas e preparadas por um conselho mais seleto, formado pelos capitães principais.[49] Os magistrados deliberavam e persuadiam, o povo somente é que decidia e executava; e as resoluções dos germânicos eram, na maior parte, precipitadas e violentas. Bárbaros acostumados a encontrar a liberdade na gratificação de uma paixão premente, e a coragem na desconsideração de todas as consequências futuras, eles davam as costas com indignado desdém a todas as ponderações de justiça e política, e era uma prática sua desqualificar com vaias essas tímidas admoestações. Mas, quando quer que um orador mais popular propusesse vingar a morte do mais comum dos cidadãos, tivesse ela sido causada ou não por um inimigo estrangeiro, ou conclamasse seus compatriotas a defender o orgulho nacional ou a realizar alguma investida cheia de perigos e glória, o estrondo de lanças batidas contra escudos expressava

---

[49] Grotius altera a expressão de Tácito de *pertractantur* para *praetractantur*. A correção é tão justa quanto engenhosa. (N.A.) [O texto atualmente aceito traz *pertractentur*: "Sobre as questões de menor importância são os grandes que deliberam, sobre as de maior importância todos são consultados: mas mesmo aquelas cuja decisão pertence à multidão são longamente debatidas pelos grandes (*apud principes pertractantur*)."]

o aplauso da assembleia. Pois os germânicos andavam sempre armados, e pairava o receio de que uma multidão desregrada, inflamada por facção e bebida, pudesse usar essas armas para reforçar ou então declarar suas furiosas resoluções. Lembre-se aqui quantas vezes as dietas da Polônia não foram manchadas de sangue, o partido mais numeroso compelido a ceder ao mais sedicioso e violento.[50]

Um general da tribo era eleito em ocasiões de perigo, e se este fosse imediato e generalizado, diferentes tribos participavam da escolha de um mesmo general. O guerreiro mais valente era nomeado para liderar seus compatriotas no campo de batalha, mais pelo seu exemplo do que pelo seu comando. Esse poder, por limitado que fosse, mesmo assim era hostil. Expirava com a guerra, e em tempos de paz, as tribos germânicas não reconheciam nenhum chefe supremo.[51] Havia *príncipes*, apontados em assembleia geral para administrar a justiça ou antes para resolver diferenças[52] em seus respectivos distritos. Na escolha desses magistrados, consideravam-se tanto o berço quanto o mérito.[53] A cada um era dado, pelo poder público, uma guarda e um conselho formado por cem pessoas, e o mais importante desses príncipes desfrutava, ao que parece, de tamanha preeminência de classe e distinção que os romanos se dirigiam a ele como se fosse um rei.[54]

Autoridade dos príncipes ou magistrados.

A comparação entre os poderes dos magistrados em apenas duas instâncias é suficiente para representar o sistema inteiro das maneiras germânicas. A distribuição da terra em

Era mais absoluta sobre a propriedade do que sobre as pessoas.

---

[50] Mesmo em *nosso* antigo parlamento, os barões impunham o seu ponto de vista não tanto pelo número de votos quanto pelo de seguidores armados. (N.A.)
[51] César, *Guerra da Gália*, VI, 23. (N.A.)
[52] *Controversiasque minuunt* é a feliz expressão empregada por César, *Guerra da Gália*, VI, 23. ["Os chefes de províncias ... determinam as controvérsias".] (N.A.)
[53] *Reges ex nobilitate, duces ex virtute sumunt*. Tácito, *Germânia*, 7. ["Os reis eram escolhidos entre os nobres, os chefes pela bravura".] (N.A.)
[54] Cluverius, *Germania antica*, I, 38. (N.A.)

cada distrito era entregue inteiramente a eles, e a cada ano distribuíam-na de acordo com uma nova divisão.⁵⁵ Ao mesmo tempo, não tinham autoridade para punir com a morte, aprisionar e nem mesmo castigar um cidadão privado.⁵⁶ Um povo tão zeloso de seus membros e tão descuidado de suas posses só poderia ser totalmente destituído de indústria e arte, animado, ao mesmo tempo, por um alto senso de independência e honra.

Alistamento voluntário. Os germânicos só respeitavam os deveres que impunham a si mesmos. O mais obscuro soldado resistia desdenhoso à autoridade dos magistrados. "Jovens da nobreza não se envergonhavam de ser contados entre a fiel companhia de um chefe de renome, ao qual devotavam suas armas e seu serviço. Uma nobre emulação prevalecia entre a companhia para obter o primeiro lugar na estima do chefe, e entre os chefes, para adquirir o maior número de homens valentes. Estar sempre cercado de um bando de jovens seletos consistia o orgulho e a força dos chefes, seu ornamento na paz, sua defesa na guerra. A glória de heróis tão distintos se difundia para além dos estreitos limites da tribo. Embaixadores com presentes solicitavam sua amizade e também suas armas, que com frequência garantiam a vitória do partido que as empregasse. Em momentos de perigo, era vergonhoso para o chefe ser superado em valor por sua companhia e vergonhoso para esta não se igualar ao valor do chefe. Sobreviver à morte deste, no campo de batalha, era uma infâmia indelével. Proteger sua pessoa e adornar sua glória com os troféus de seus próprios feitos era o mais sagrado de seus deveres. Os chefes combatiam pela vitória, a companhia combatia pelo chefe. Os guerreiros mais nobres, mesmo quando o seu país estava

---

⁵⁵ César, *Guerra da Gália*, VI, 22; Tácito, *Germânia*, 26. (N.A.)
⁵⁶ Tácito, *Germânia*, 7. (N.A.)

mergulhado na letargia da paz, mantinham seus numerosos bandos em ação, numa cena distante, para exercitar seu incansável espírito e adquirir renome por ir atrás do perigo. Prêmios dignos de soldados, o belicoso alazão, a sempre vitoriosa lança, tingida de sangue, tais eram as recompensas que a companhia rogava à liberalidade do chefe. A rudimentar fartura de sua hospitaleira mesa era o único pagamento que *ele* poderia lhes dar, e o único que *eles* poderiam aceitar. Guerra, rapina, as ofertas dos aliados, supriam os materiais de sua munificência".[57] Essa instituição, que poderia muito bem enfraquecer outras repúblicas, revigorava o caráter geral dos germânicos e amadurecia entre eles todas as virtudes de que os bárbaros são suscetíveis: a fé e o valor, a hospitalidade e a cortesia, ainda tão conspícuas, muito tempo depois, na época da cavalaria. Os honrosos prêmios distribuídos pelo chefe à sua destemida companhia conteriam, na suposição de um engenhoso autor, os primeiros rudimentos dos feudos, distribuídos após a conquista das províncias romanas pelos senhores bárbaros entre seus vassalos, como reconhecimento pelo serviço militar.[58] Essas condições, no entanto, são totalmente repugnantes às máximas dos antigos germânicos, que se deleitavam com a mútua troca de presentes, sem, no entanto, impor ou aceitar o peso das obrigações.[59]

"Nos dias da cavalaria,[60] ou, mais apropriadamente, do romance, todos os homens eram destemidos e todas as

Castidade germânica.

---

[57] Tácito, *Germânia*, 13-4. (N.A.)
[58] Montesquieu, *Esprit des lois*, XXX, 3. A brilhante imaginação de Montesquieu é corrigida, no entanto, pela seca e fria razão do abade Mably, *Observations sur l'histoire de France*, I, p. 356. (N.A.)
[59] *Gaudent muneribus, sed nec data imputant, nec acceptis obligantur.* Tácito, *Germânia*, 21. ["Deleitam-se com presentes, mas não esperam contraparte pelo que dão nem se sentem obrigados pelo que recebem."] (N.A.)
[60] Compare-se esta seção e a seguinte ao ponto de vista de Hume, substancialmente diferente, exposto em "Do surgimento e progresso das artes e ciências" e "De poligamia e divórcios". (N.T.)

mulheres eram castas." E a última dessas virtudes, adquirida e preservada com muito mais dificuldade do que a primeira, é atribuída, quase sem exceção, às mulheres dos antigos germânicos. A poligamia não era utilizada, exceto pelos príncipes, e exclusivamente para a multiplicação de suas alianças. Divórcios eram proibidos antes pelas maneiras do que pelas leis. Adultérios eram punidos como crimes extremos e inomináveis, a sedução não era justificada nem pelo exemplo nem pela moda.[61] Percebe-se sem dificuldade que Tácito se deleita, sinceramente, em contrastar a virtude dos bárbaros com a dissoluta conduta das damas romanas; e, de fato, há algumas circunstâncias notáveis que dão ares de verdade ou ao menos de probabilidade à reputada fidelidade conjugal e castidade das germânicas.

Castidade germânica.

O progresso da civilização contribuiu, sem dúvida, para abrandar as paixões mais ferozes da natureza humana, mas não parece ter sido, ao mesmo tempo, tão favorável à virtude da castidade, cujo mais perigoso inimigo é a moleza do espírito.[62] Os refinamentos da vida corrompem ao polir o intercurso entre os sexos. Os grosseiros apetites do amor se tornam mais perigosos quando elevados, ou, na verdade, disfarçados por sentimentos de paixão. A elegância nas roupas, no porte e nas maneiras dá um lustro de beleza e inflama os sentidos por meio da imaginação. Espetáculos luxuosos, bailes noturnos, apresentações licenciosas, oferecem, a um só tempo, tentações e ocasiões

---

[61] As adúlteras eram chicoteadas em procissão pela vila. Riqueza ou beleza não inspiravam compaixão nem eram suficientes para arranjar um segundo casamento. Tácito, *Germânia*, 18-9. (N.A.)

[62] "Softness of mind", tradução de Gibbon para o francês *molesse d'esprit*, que Malebranche (*Recherche de la vérité*, II, 1, VIII, 4) identificara como característica da imaginação feminina e que é, para Rousseau (*Discurso sobre a origem da desigualdade entre os homens*), um dos traços distintivos da natureza humana (de ambos os sexos) sob a civilização comercial. (N.T.)

para a fragilidade feminina.[63] As impolidas mulheres dos bárbaros estavam ao abrigo de tais riscos, graças à pobreza, à desolação e aos dolorosos esforços da vida doméstica. As cabanas germânicas, expostas por todos os lados ao olhar da indiscrição e do ciúme, eram uma salvaguarda da fidelidade conjugal mais eficiente do que as paredes e os eunucos do harém persa. A essa razão pode ser acrescentada outra, mais digna. Os germânicos tratavam suas mulheres com respeito e confiança, consultavam-nas em todas as ocasiões importantes e piamente acreditavam que no peito delas residiriam uma santidade e uma sabedoria sobre-humanas. Algumas dessas intérpretes do destino, como Weleda durante a guerra da Batávia, governavam, em nome da deidade, as mais ferozes nações germânicas.[64] As demais do belo sexo, se não eram adoradas como deusas, eram respeitadas pelos soldados como companheiras livres e iguais, com os quais eles compartilhavam, por laços matrimonias, uma vida de dificuldades, perigos e glórias.[65] Em suas grandes invasões, os acampamentos dos bárbaros ficavam repletos de uma multidão de mulheres, que se mantinham firmes e inabaláveis em meio ao som das armas e a várias formas de destruição, prontas para cuidar das honrosas feridas de seus filhos e maridos.[66] Exércitos cambaleantes de germânicos foram mais de uma vez atirados de volta ao inimigo, pelo generoso desespero de mulheres que temiam muito menos a morte do que a servidão.

---

[63] Ovídio emprega duzentas linhas em busca dos lugares mais favoráveis ao amor. Conclui que o teatro é o melhor de todos para colher as flores de Roma e arranjá--las com carícias sensuais (*Arte de amar*, I, 4). (N.A.)

[64] Tácito, *Histórias*, IV, 61, 65. (N.A.)

[65] Os presentes de casamento eram bois, cavalos e armas. Ver Tácito, *Germânia*, 18. O historiador floreia demais esse assunto. (N.A.)

[66] A mudança de *exigere* para *exugere* é uma excelente correção. (N.A.) [As edições atuais trazem *exigunt*, "preferem": "Os filhos da irmã são tão queridos na casa do tio quanto na casa do pai. Alguns consideram que esse laço de sangue seria o mais sagrado e inviolável, e dão preferência a ele quando recebem hóspedes em casa..."]

Se a derrota era irreversível, elas sabiam muito bem como escapar, elas mesmas e suas crianças, com o próprio punho, das mãos de um vitorioso a que não poderiam se entregar.[67] Heroínas de um molde como esse podem reclamar nossa admiração, mas com certeza não eram amáveis nem amorosas. Em sua ânsia de emular as austeras virtudes do *homem*, não podiam deixar de renunciar à atrativa suavidade em que principalmente consistem o charme e a fragilidade da *mulher*. A consciência do orgulho ensinou as mulheres germânicas a suprimir toda outra tenra emoção que pudesse competir com a honra, e a maior honra do belo sexo sempre foi a castidade. Os sentimentos e a conduta dessas altivas matronas podem, a um só tempo, ser considerados causa, efeito e prova do caráter da nação. A coragem feminina, por mais que seja estimulada pelo fanatismo ou confirmada pelo hábito, é uma pálida e imperfeita imitação do másculo valor que distingue a época ou país em que se encontram.

Religião.

O sistema religioso dos germânicos (se é que opiniões tão selvagens merecem o nome de sistema) era ditado por suas carências, por seus medos e por sua ignorância.[68] Adoravam os grandes e visíveis objetos da natureza, o Sol e a Lua, o fogo e a terra, juntamente com aquelas deidades imaginárias que presidiriam as mais importantes ocupações da vida humana. Estavam convencidos de que por meio das ridículas artes de adivinhação poderiam descobrir a vontade de seres

---

[67] Tácito, *Germânia*, 7; Plutarco, "Vida de Mário". Antes de assassinarem seus filhos e se suicidarem, as esposas dos teutônicos se renderam aos romanos, desde que fossem aceitas como escravas das virgens vestais. (N.A.) [Guardiãs da chama sagrada no Fórum, subordinadas ao *Pontifex Maximus*, as vestais eram provenientes das famílias nobres da cidade. Os lugares por elas frequentados eram proibidos aos homens.]

[68] Tácito dedicou umas poucas linhas, Cluverius mais de cem páginas a esse obscuro tópico. O primeiro descobre na Germânia os deuses gregos e romanos. O segundo tem certeza que sob os emblemas do Sol, da Lua e do fogo, seus ancestrais teriam venerado a Trindade Unitária. (N.A.)

superiores, e que sacrifícios humanos eram a oferenda mais preciosa que se poderia prestar nos altares. Alguns aplaudiram, impensadamente, a sublime noção, cultivada por esse povo, de uma deidade que eles não confinavam aos muros de um templo nem representavam por figura humana; mas, quando lembramos que os germânicos não tinham destreza para a arquitetura e desconheciam completamente a arte da escultura, logo encontramos a verdadeira motivação de tal escrúpulo, advindo menos de uma razão superior que da falta de engenho. Os únicos templos da Germânia antiga eram ancestrais bosques escuros, que haviam se tornado sagrados pela reverência de sucessivas gerações.[69] O fascínio que exerciam vinha da suposição de que eram a residência de um poder invisível, e por não apresentarem algum objeto distinto de medo ou de reverência, impressionavam a mente com um senso de horror religioso ainda mais profundo.[70] Os sacerdotes, rudes e iletrados, haviam sido ensinados pela experiência a utilizar todos os artifícios disponíveis para preservar e fortalecer essas impressões, tão convenientes ao seu próprio interesse.

A mesma ignorância que torna os bárbaros incapazes de conceber ou adotar as úteis restrições das leis os expõe nus e desprotegidos ao cegos terrores da superstição. Os sacerdotes germânicos, estimulando essa têmpera de seus compatriotas, adquiriram uma jurisdição, mesmo em questões temporais, que o magistrado não se arriscaria a exercer; o intrépido guerreiro timidamente se submetia

Seus efeitos em tempos de paz.

---

[69] A floresta sagrada descrita com sublime horror por Lucano localizava-se nos arredores de Marselha; mas havia muitas outras espalhadas pela Germânia (*Farsália*, III). (N.A.)
[70] A teoria remete a Burke, *Investigações sobre o belo e o sublime*, II, e foi desenvolvida por esse autor, na mesma época que Gibbon, no *Esboço de história da Inglaterra*, I-III. Vale lembrar que ambos frequentaram em Londres o Parlamento e o círculo que se reunia em torno de Samuel Johnson. (N.T.)

ao chicote, quando lhe era aplicado não por algum poder humano, mas por ordem imediata do deus da guerra.[71] Lacunas da política civil eram supridas pela interposição da autoridade eclesiástica. Esta última era exercida para manter o silêncio nas assembleias populares, e às vezes se estendia ao interesse nacional. Uma procissão solene era encenada nos atuais condados de Mecklenburg e Pomerânia. O desconhecido símbolo da *terra*, coberto com um espesso véu, era levado numa carroça, puxada por vacas, e dessa maneira a deusa, cuja residência era na ilha de Rugen, visitava as diversas tribos adjacentes. Durante a sua passagem, o som da guerra era silenciado, as querelas eram suspensas, as armas eram postas de lado, e os irrequietos germânicos tinham a oportunidade de saborear as bênçãos da harmonia e da paz.[72] O *armistício de Deus*, tantas vezes e tão inutilmente proclamado pelos clérigos do século XI, era uma óbvia imitação do costume germânico.[73]

Seus efeitos na guerra.

A influência da religião era mais poderosa, porém, ao inflamar do que ao moderar as ferozes paixões dos germânicos. Interesse e fanatismo com frequência prontificavam os ministros a autorizar as mais temerosas e injustificadas investidas, com aprovação dos céus e plena garantia de sucesso. Os estandartes consagrados, havia muito reverenciados nos bosques da superstição, eram postos na linha de frente;[74] e o exército hostil era ofertado, com sentimentos de execração, aos deuses da guerra e do trovão.[75] Na fé dos soldados (e os germânicos eram soldados), a covardia é o mais imperdoável dos pecados. Um homem valente era o

---

[71] Tácito, *Germânia*, 7. (N.A.)
[72] Tácito, *Germânia*, 40. (N.A.)
[73] Ver Robertson, *History of Charles V*, I, nota 10. (N.A.)
[74] Tácito, *Germânia*, 7. Tais estandartes eram cabeças de feras selvagens. (N.A.)
[75] Para um exemplo desse costume, ver Tácito, *Anais*, XII, 57. (N.A.)

favorito das deidades marciais dos germânicos; o desgraçado que perdesse o escudo era banido das assembleias religiosas e civis. Algumas tribos do norte parecem ter adotado a doutrina da transmigração,[76] outras imaginado um grosseiro paraíso de eterna embriaguez.[77] Concordavam todas que uma vida dedicada às armas e uma morte gloriosa no campo de batalha seriam o melhor preparativo para uma posteridade feliz, neste ou noutro mundo.

A imortalidade em vão prometida pelos sacerdotes era, em alguma medida, conferida pelos bardos. Essa singular ordem de homens atraiu, merecidamente, a atenção de todos os que se dedicaram a investigar as antiguidades dos celtas, dos escandinavos e dos germânicos. Seu gênio e caráter, bem como a reverência prestada ao seu importante ofício, foram suficientemente ilustrados. Mas não é fácil expressar, ou mesmo conceber, o entusiasmo pelas armas e pela glória que eles acendiam na alma de sua audiência. Para um povo polido, o gosto da poesia é antes uma distração da fantasia que uma paixão da alma. Mesmo assim, quando em calmo retiro acompanhamos os combates descritos por Homero ou por Tasso, somos insensivelmente seduzidos pela ficção, e sentimos uma chama momentânea de ardor marcial. Mas quão débil, quão fria, não é a sensação que uma mente tranquila recebe do estudo solitário! Na hora da batalha é que os bardos celebravam a glória dos heróis de antigamente, dos ancestrais dos aguerridos capitães que escutavam, em transporte, esses crus, mas animados rompantes. A perspectiva de enfrentar

Os bardos.

---

[76] César, *Guerra da Gália*. Diodoro Sícolo (*Biblioteca de História*) e Lucano (*Farsália*) parecem atribuir essa doutrina aos gauleses, mas o sr. Pelloutier (*Histoire des celtes*, III, 18) tenta reduzir suas expressões a um sentido mais ortodoxo. (N.A.)

[77] Sobre essa grosseira mas atraente doutrina das Edda, ver a fábula XX, na interessante versão desse livro publicada pelo sr. Mallet como introdução a sua *História da Dinamarca*. (N.A.)

homens armados e de perigo iminente intensificava o efeito da canção militar; as paixões que ela tendia a excitar, o desejo de fama e o desprezo pela morte, eram sentimentos habituais do espírito germânico.[78]

Causas que restringiram o progresso dos germânicos.

Tal era a situação e tais eram as maneiras dos germânicos antes da invasão de Roma pelos bárbaros. O clima em que viviam, sua falta de instrução, de artes e de leis, suas noções de honra, de galanteio e de religião, seu senso de liberdade, sua impaciência com a paz, e sua sede de ação, tudo isso contribuiria para formar um povo de heróis militares. E, no entanto, constatamos que nos duzentos e cinquenta anos que se passaram entre a derrota de Varo e o reinado de Décio, esses formidáveis bárbaros realizaram poucas empreitadas militares consideráveis e não deixaram sua marca nas luxuosas e escravizadas províncias do império. Seu progresso foi restringido pela falta de armas e de disciplina, e sua fúria foi desviada para as intestinas divisões da Germânia antiga.

Falta de armas.

1. Observou-se com perspicácia, e não sem alguma verdade, que uma nação que domina o ferro logo aprende a dominar o ouro. Mas as rudes tribos da Germânia, destituídas desses valiosos metais, foram forçadas a adquirir, lentamente e sem auxílio prévio, o domínio de ambos. A face do exército germânico mostrava bem a carência que tinham do ferro. Espadas e lanças mais longas eles raramente usavam. Suas *frameae* (assim as chamavam em sua própria língua) eram compridos arpões de ponta afiada, porém estreita, e que, segundo requeresse a ocasião, eles lançavam à distância ou

---

[78] Ver Tácito, *Germânia*, 3. Diodoro Sícolo, *Biblioteca de História*, V. Estrabão, *Geografia*, IV. O leitor dos clássicos há de recordar a destacada posição de Demodocus na corte fenícia e o ardor infundido por Tirteus nos exaustos espartanos. Mas é pouco provável que os germânicos e os gregos sejam o mesmo povo. Muita erudição fútil seria poupada se nossos estudiosos da Antiguidade se dessem ao trabalho de refletir que maneiras similares naturalmente são produzidas por situações similares. (N.A.)

cravavam no corpo do inimigo. Com esse arpão e com um escudo, sua cavalaria se contentava. Um enxame de dardos, atirados com incrível força,[79] era o recurso suplementar da infantaria. Seus trajes militares, quando os usavam, não eram mais que um manto solto. Variadas cores eram o único ornamento de seus escudos. Poucos chefes se distinguiam por suas couraças ou capacetes. Embora os cavalos da Germânia não fossem nem belos, nem ágeis, nem treinados nas complexas evoluções do adestramento romano, muitas das nações germânicas eram renomadas por suas cavalarias. Em geral, porém, a principal força dos germânicos consistia em sua infantaria,[80] que se dispunha em longas colunas, formadas de acordo com distinção de tribo e família. Impacientes demais para esperar, esses guerreiros semiarmados se lançavam à batalha com gritos dissonantes, desordenadamente, e às vezes, graças ao esforço de seu valor nativo, prevaleciam sobre a bravura simulada e artificial dos mercenários romanos. Mas, assim como se entregavam totalmente na primeira investida, os bárbaros não sabiam depois se reunir ou bater em retirada. Quando repelidos, eram derrotados; e quando derrotados, eram totalmente aniquilados. Se pensarmos no armamento dos soldados romanos, em sua disciplina, em seus exercícios, em suas evoluções, em seus acampamentos fortificados, em seu maquinário militar, parece digno de surpresa que o nu e desassistido valor dos bárbaros ousasse enfrentar, no campo de batalha, o poderio das legiões e das tropas auxiliares que participavam das operações. A contenda permaneceu muito desigual até que a introdução do luxo enervasse o

---

[79] *Missilia spargunt*. ["Atiram-nas de longe."] Tácito, *Germânia*, 6. Ou esse historiador utilizou uma expressão vaga ou quis dizer que eram lançados ao acaso. (N.A.)
[80] Era o que principalmente os distinguia dos sarmatianos, que geralmente lutavam montados a cavalo. (N.A.)

vigor dos exércitos romanos e o espírito de desobediência e sedição relaxasse sua disciplina. A introdução de auxiliares bárbaros foi uma medida obviamente arriscada, que poderia gradualmente instruir os germânicos nas artes da guerra e da política. Embora fossem admitidos em pequeno número e de acordo com as mais estritas precauções, o exemplo de Civilis convenceu os romanos de que tais medidas nem sempre eram suficientes.[81] Durante as guerras civis que se seguiram à morte de Nero, o habilidoso e intrépido batavo, que seus inimigos gostavam de comparar a Aníbal e Sertório,[82] formou um ambicioso plano de sedição e conquista. Oito coortes batavas, renomadas por sua atuação em campanhas na Bretanha e na Itália, debandaram para o seu estandarte. Invadiu a Gália com um exército de germânicos, convenceu as poderosas cidades de Treves e Langres a aderir à sua causa, derrotou as legiões, destruiu seus acampamentos fortificados e empregou contra os romanos o conhecimento militar que adquirira servindo a eles. Quando, por fim, após obstinada luta, curvou-se ao poderio do império, Civilis conseguiu para si mesmo e para o seu país um honroso tratado. Os batavos continuaram a ocupar as terras do Reno,[83] mas como aliados e não servos da monarquia romana.[84]

Dissidências civis na Germânia.

2. O poderio da Germânia antiga parece formidável quando consideramos os efeitos que teriam sido produzidos por um eventual esforço conjunto de suas províncias. A ampla extensão do país pode ter abrigado um milhão de guerreiros,

---

[81] O relato dessa empreitada ocupa boa parte dos livros IV e V das *Histórias* de Tácito, e é mais notável pela eloquência do que pela perspicuidade. Sir Henry Saville descobriu ali diversas imprecisões. (N.A.)

[82] Tácito, *Histórias*, IV, 13. Como eles, Civilis era caolho. (N.A.)

[83] Situava-se entre os dois braços do antigo Reno, que existiam antes que a face do país fosse alterada por arte e natureza. Ver Cluverius, *Germanica antica*, II, 30, 37. (N.A.)

[84] Para que se tenha uma ideia da enormidade desse feito, ver nesta coletânea "Dos triunfos dos romanos". (N.T.)

pois todos os que tinham idade para manejar armas estavam dispostos a fazê-lo. Essa feroz multidão, incapaz de organizar ou executar qualquer plano de dimensão nacional, era agitada por variadas e muitas vezes hostis intenções. A Germânia se dividia em mais de quarenta estados independentes, e mesmo dentro de cada estado a reunião de tribos era extremamente frouxa e precária. Os bárbaros eram suscetíveis a provocações; não sabiam perdoar uma injúria, muito menos um insulto; seu ressentimento era sanguinário e implacável. As disputas casuais, tão frequentes em suas partidas de caça ou em suas embriagadas reuniões, eram suficientes para inflamar o espírito de uma nação inteira, a desavença privada entre chefes mais importantes contaminava seus seguidores e aliados. Castigar o insolente era causa de guerra, tanto quanto saquear os indefesos. Os mais formidáveis estados germânicos gostavam de cercar seus territórios com uma larga fronteira de devastação e desolação. A cautelosa distância mantida por seus vizinhos em alguma medida os protegia do perigo de incursões inesperadas, e atesta o terror inspirado pelos exércitos germânicos.[85]

"Os bructeros (devolvemos a Tácito a palavra) foram completamente exterminados pelas tribos vizinhas,[86] provocadas por sua insolência, encantadas com a perspectiva de espólio e talvez inspiradas pelas deidades tutelares. Mais de sessenta mil bárbaros foram mortos, não por exércitos romanos, mas diante de nós, para nosso entretenimento. Que as nações inimigas de Roma se mantenham inimigas entre si! Atingimos o ápice da prosperidade,[87] e não poderíamos

<small>Fomentada pela política de Roma.</small>

---
[85] César, *Guerra da Gália*, VI, 23. (N.A.)
[86] São mencionados, entretanto, nos séculos IV e V por Nazário, Amiano, Claudiano etc. como uma tribo de francos. Ver Cluverius, *Germanica antica*, III, 13. (N.A.)
[87] *Urgentibus* é a leitura mais comum e mais sensata; Lipsius e outros manuscritos optam por *Vergentibus*. (N.A.) [Não há entre os comentadores atuais unanimidade quanto ao termo destacado por Gibbon (que alguns propõem suprimir),

pedir à fortuna senão a discórdia entre os bárbaros".[88] Tais sentimentos, menos dignos da humanidade que do patriotismo de Tácito, expressam máximas invariáveis da política de seus compatriotas. Consideravam expediente muito mais seguro dividir os bárbaros do que combatê-los, pois da derrota deles não poderiam derivar nem honra nem vantagem alguma. O dinheiro e as negociações de Roma se insinuaram pelo território germânico adentro, e todas as artes da sedução foram mobilizadas, dentro dos limites da dignidade, para atrair essas nações cuja proximidade com o Reno ou o Danúbio poderia torná-las os mais úteis amigos, ou, ao contrário, os mais indesejáveis inimigos. Chefes de renome e poder se sentiam lisonjeados com os mais triviais presentes, que aceitavam como marcas de distinção ou como incrementos ao luxo. Em dissidências civis, a facção mais fraca empenhava-se em fortalecer seu interesse entrando em secreta conexão com os governadores de províncias fronteiriças. As querelas entre os germânicos eram fomentadas pelas intrigas de Roma, e todos os planos de união e bem público eram impedidos pelo viés do interesse privado e do ciúme.[89]

<small>União temporária contra Marco Aurélio.</small>

A conspiração geral que aterrorizou os romanos durante o reinado de Marco Aurélio reuniu quase todas as nações da Germânia, da foz do Reno à do Danúbio, incluindo a Sarmátia.[90] É impossível para nós determinar se essa confederação provisória teria sido formada pela necessidade, pela razão ou pela paixão; certo é que os bárbaros não tinham

<small>tampouco quanto ao teor da frase em questão. Gibbon a interpreta positivamente, mas este "nada resta" pode ser lido como o prenúncio de um futuro pouco auspicioso.]
[88] Tácito, *Germânia*, 33. (N.A.)
[89] Muitos vestígios dessa política podem ser detectados em Tácito e em Dião Cássio, e outros tantos podem ser inferidos dos princípios da natureza humana. (N.A.)
[90] *História Augusta*, p. 31. Amiano Marcelino, *Rerum gestarum*, XXXI, 5. O imperador Marco foi forçado a vender a rica mobília do palácio e a alistar escravos e ladrões. (N.A.)</small>

motivos, da parte do monarca romano, para se sentir atraídos por indolência ou provocados por ambição. Essa perigosa invasão requereu de Marco toda a sua firmeza e vigilância. Ele fixou generais hábeis em diversos postos de ataque e assumiu pessoalmente a responsabilidade pela província mais importante, situada no alto Danúbio. Após um longo conflito, de resultados duvidosos, o espírito dos bárbaros foi subjugado. Os quadi e os marcomani,[91] que haviam assumido a liderança na guerra, foram os mais severamente punidos na catástrofe que se seguiu. Foi ordenado que se afastassem cinco milhas da margem do Danúbio,[92] em seu próprio território, e que entregassem aos romanos a flor de sua juventude, imediatamente transferida para a remota ilha da Bretanha, onde estariam seguros como reféns e seriam úteis como soldados.[93] Posteriormente, diante das frequentes rebeliões dessas tribos, o imperador decidiu reduzi-los a províncias. Suas intenções foram abortadas pela morte. Mesmo assim, essa formidável liga germânica, a única que aparece nos dois primeiros séculos da história do império, foi inteiramente desfeita, sem deixar rastros em sua terra de origem.

No curso deste capítulo introdutório, restringimo-nos ao delineamento geral das maneiras da Germânia, sem tentar descrever ou distinguir as várias tribos que ocupavam esse imenso país ao tempo de César, de Tácito ou de Ptolomeu. À medida que antigas ou novas tribos se apresentarem sucessivamente no decorrer desta história, mencionaremos concisamente sua origem, situação e caráter particular. As

Dissidência entre as tribos germânicas.

---

[91] Os marcomani, uma colônia das margens do Reno que ocupou a Boêmia e a Moravia. Ver Estrabão, *Geografia*, VII; Veleio Patérculo, *Compêndio da história romana*, II, 105. Tácito, *Anais*, II, 63. (N.A.).
[92] O sr. Wotton (*History of Rome*, p. 166) calcula a interdição como dez vezes maior. Seu raciocínio é especioso, mas não conclusivo. Cinco milhas seriam suficientes para uma barreira fortificada. (N.A.).
[93] Dião Cássio, *História de Roma*, LXXI, LXXII. (N.A.).

nações modernas são sociedades fixas e estáveis, conectadas por leis e governo, ligadas ao solo nativo por artes e agricultura. As tribos germânicas eram associações voluntárias e fluidas de soldados quase selvagens. O mesmo território mudava de habitantes, com as levas de conquista e emigração: as mesmas unidas, reunidas em torno de um plano de defesa ou invasão, inventavam um nome para a confederação: com a dissolução da confederação, seus membros recuperavam as antigas denominações, já esquecidas: um estado vitorioso transmitia seu nome para os vencidos: multidões de voluntários de todas as partes se agregavam ao redor do estandarte de um líder favorito; o acampamento deste se tornava o seu país, e uma circunstância qualquer conferia uma denominação a essa multidão mista: as distinções dos ferozes invasores eram perpetuamente alteradas por eles mesmos, confundindo os atordoados súditos do império.[94]

Número de tribos.

As guerras e a administração dos assuntos públicos são os principais temas da história; o número de pessoas envolvidas nas cenas de ação varia muito de acordo com a condição dos homens. Em grandes monarquias, milhões de súditos obedientes se dedicam a suas ocupações de maneira tranquila e anônima. A atenção do escritor, assim como a do leitor, restringe-se exclusivamente à corte, à capital, ao exército regular e aos distritos em que se desenrolam ações militares. Mas um estado de liberdade e barbarismo, uma época de comoção civil, a situação de repúblicas menores,[95] tudo isso envolve na ação quase todos os membros da comunidade, que

---

[94] Ver a excelente dissertação sobre a origem e as migrações das nações nas *Mémoires de l'Académie des Inscriptions*, XVIII, pp. 48-71. É raro ver uma combinação tão perfeita entre o filósofo e o estudioso da Antiguidade. (N.A.)

[95] Deveríamos crer que Atenas tinha não mais que 21 mil cidadãos e Esparta não mais que 39 mil? Ver Hume ("On the Populousness of Ancient Nations") e Wallace ("Dissertation on the Numbers of Mankind in Ancient and Modern Times") sobre o número de habitantes nas nações antigas e nas modernas. (N.A.)

reclamam a atenção do estudioso. As divisões irregulares e a irrequieta movimentação do povo da Germânia confundem nossa imaginação e parecem multiplicar o número de suas tribos. A profusa enumeração de reis e cavaleiros, de exércitos e nações, inclina-nos a esquecer que os mesmos objetos são continuamente repetidos sob uma variedade de denominações, e que as mais esplêndidas denominações muitas vezes são concedidas aos mais insignificantes objetos.

MANEIRAS DAS NAÇÕES PASTORIS[1]

A invasão dos hunos precipitou sobre as províncias ocidentais do Império Romano a nação dos godos, que em menos de quarenta anos avançou do Danúbio até o Atlântico e abriu caminho, pelo êxito de seus exércitos, para muitas outras tribos hostis, mais selvagens do que eles. O princípio motor original desse fenômeno se escondia nos distantes países do Norte, e a observação atenta da vida pastoril dos citas,[2] ou tártaros,[3] ilustrará a causa latente dessas destrutivas emigrações.

As diferentes características pelas quais se distinguem as nações civilizadas do globo podem ser atribuídas ao uso e ao abuso da razão, que tão variadamente molda e tão artificialmente compõe as maneiras de um europeu e de um chinês. Mas a operação do instinto é mais certa e mais simples do que a da razão. É muito mais fácil satisfazer os apetites de um quadrúpede do que as especulações de um filósofo, e

Maneiras pastoris dos citas, ou tártaros.

---

[1] *Declínio e queda do Império do Romano*, v. IV, cap. 26, início. Trad. do original inglês, a partir da 6. ed. (1784). Os primeiros parágrafos do capítulo e os subsequentes à passagem aqui traduzida foram vertidos por José Paulo Paes na versão abreviada da obra de Gibbon (Companhia das Letras, 2. ed., 2008). (N.T.)

[2] Os citas de que fala Heródoto (*História*, IV, 47-57, 99-101) confinavam-se entre o Danúbio e o Palus Meotis, numa área de 4 mil estádios (400 milhas romanas). Ver d'Anville, *Mémoire de l'Académie*, tomo XXV, pp. 573-91. Diodoro Sícolo (*Biblioteca de História*, I, 2) reconstituiu as graduais alterações do *nome* e da nação. (N.A.)

[3] Os tártaros eram uma tribo primitiva, primeiro rival depois súdita dos mongóis. Nos vitoriosos exércitos de Gengis Khan e de seu sucessor, os tártaros formavam a vanguarda, e esse nome, que primeiro chegou aos ouvidos de estrangeiros, foi aplicado à nação como um todo. Ver Féret, *Histoire de l'Académie*, tomo XVII, p. 60. Para me referir a todos ou a qualquer uma das tribos pastoris da Europa ou da Ásia, utilizo indistintamente a designação *citas, ou tártaros*. (N.A.)

as tribos selvagens, quanto mais se aproximam da condição dos animais, tanto mais fortemente se assemelham umas às outras e mais semelhantes entre si se tornam os homens que nelas vivem. A uniforme estabilidade de suas maneiras é consequência natural da imperfeição de suas faculdades. Reduzidos a uma situação similar, suas carências, seus desejos, seus desfrutes, são sempre os mesmos, e a influência da alimentação e do clima, que num estado mais desenvolvido da vida social é suspensa ou subjugada por muitas causas morais, contribui poderosamente para formar e manter o caráter nacional dos bárbaros. Desde as mais remotas épocas, as imensas planícies da Cítia, ou Tartária, foram habitadas por tribos nômades de caçadores e pastores, cuja indolência recusa-se a cultivar a terra e cujo espírito irrequieto desdenha o confinamento da vida sedentária. Em todas as épocas, os citas e os tártaros foram renomados por sua invencível coragem e por suas conquistas instantâneas. Os tronos da Ásia foram repetidas vezes derrubados pelos pastores do Norte, cujas armas espalharam terror e devastação pelos mais férteis e bem armados países da Europa.[4] Em ocasiões como essas, e em muitas outras, o sóbrio historiador é forçado a despertar de uma aprazível visão e é compelido a confessar, não sem alguma relutância, que as maneiras pastoris, que foram adornadas com os mais belos atributos de paz e inocência, estão mais adaptadas aos ferozes e cruéis hábitos da vida militar. Para ilustrar essa observação, considerarei agora uma nação de pastores e guerreiros quanto a estes três importantes artigos, 1. Sua dieta; 2. Suas habitações; 3. Seus exercícios.

---

[4] *Imperium Asiae ter quaesivere: ipsi perpetuo ab alieno Império, aut intacti, aut invicti, mansere.* Desde a época de Justino (*Declínio e queda*, II, 2), multiplicou--se essa estimativa. Voltaire, em poucas palavras (*Histoire générale*, cap. 156) resumiu as conquistas tártaras: "De longe fez as nações tremerem / a Cítia com uma nuvem de guerra". (N.A.)

Narrativas da Antiguidade são justificadas pela experiência de tempos modernos,[5] e as margens do Boristenes, do Volga ou do Selinga oferecem, sem diferença alguma, o mesmo espetáculo uniforme de maneiras nativas similares.[6]

1. O milho ou o arroz, nutritivo alimento cotidiano de um povo civilizado, só pode ser obtido pela paciente labuta do agricultor. Alguns dos felizes selvagens que habitam as regiões tropicais são fartamente abastecidos pela liberal natureza, mas, nos climas do Norte, uma nação de pastores depende inteiramente de seus próprios rebanhos e manadas. Aos habilidosos praticantes da arte médica cabe determinar (se é que isso é possível) em que medida a mente humana pode ser afetada pela ingestão de alimentos de origem animal ou vegetal, e se a costumeira associação entre carnívoro e cruel merece ser considerada sob outra luz que não a de um inocente, talvez salutar preconceito dos homens.[7] Mas, se supusermos que o sentimento de compaixão é de fato insensivelmente enfraquecido pela visão e prática da crueldade doméstica, poderemos observar, na tenda do pastor tártaro, horrendos

Dieta.

---

[5] O livro IV de Heródoto oferece um retrato curioso, embora imperfeito, dos citas. Entre os modernos, que descrevem uma cena uniforme, Abulghazi Bahadur, o Khan de Kowaresm, expressa os sentimentos de seu povo. Sua *História genealógica dos tártaros* foi copiosamente ilustrada por editores franceses e ingleses. Carpin, Arsselin e Rubruquis (*Histoire des voyages*, VII) representam os mongóis do século XIV. A esses guias, acrescentei Gerbillon e outros jesuítas (Duhalde, *Description de la Chine*, IV), que investigou atentamente a Tartária chinesa, além do confiável Bell (dois volumes in-quarto, Glasgow, 1763). (N.A.)

[6] Os uzbeques são os que mais alteraram suas maneiras primitivas, primeiro por terem adotado a religião muçulmana, depois por terem adquirido a posse das cidades e dos campos arados da Bulgária. (N.A.)

[7] "*Il est certain que les grands mangeurs de viande sont en general cruels et féroces plus que les autres hommes. Cette observation est de touts les lieux et de touts les temps: la barbare angloise est connu*" etc. Rousseau, *Emílio*, I, p. 274. ["É certo que os grandes consumidores de carne são, em geral, cruéis e ferozes, mais do que os outros homens. Essa observação vale para todos os lugares e todos os tempos: a barbárie inglesa é conhecida."] Independentemente do que se possa pensar da observação geral, *nós* não podemos aceitar que o exemplo seja verdadeiro. As bem-intencionadas denúncias de Plutarco e as patéticas lamentações de Ovídio seduzem nossa razão ao excitar nossa sensibilidade. (N.A.)

objetos que, disfarçados pelo refinamento europeu, exibem-se ali em sua mais crua simplicidade. O boi ou o carneiro são degolados pela mesma mão da qual se acostumaram a receber o alimento diário; seus membros são trazidos ensanguentados, com pouquíssima preparação, à mesa de seu insensível assassino. Na profissão militar, especialmente no comando de um exército numeroso, o uso exclusivo de alimentos de origem animal parece produzir as mais sólidas vantagens. O milho é um produto pesado e perecível, e os imensos armazéns indispensavelmente necessários à subsistência de nossas tropas têm de ser vagarosamente transportados pelos braços de homens ou pela tração de cavalos. Os rebanhos e manadas que acompanhavam os tártaros em suas marchas ofereciam seguro e constante suprimento de carne e leite. Na maior parte da planície incultivada, a grama cresce rápida e luxuriante, e poucos são os lugares tão desolados que não fornecem pasto tolerável ao resistente gado do Norte. O suprimento de gado é multiplicado e prolongado pelo apetite indiscriminado e pela paciente abstinência dos tártaros. Alimentam-se indistintamente de animais sacrificados para a mesa e dos que morreram por causa de alguma doença. A carne de cavalo, em todas as épocas e países, proscrita pelas nações civilizadas da Europa e da Ásia, eles devoram com um apetite voraz, e a satisfação desse paladar singular contribui para o êxito de suas operações militares. A vigorosa cavalaria cita é sempre acompanhada, nas longas e rápidas marchas, por cavalos reservados especialmente para saciar o apetite dos bárbaros. Coragem e escassez muitas vezes coincidem. Quando a forragem em volta de um acampamento tártaro estiver quase que inteiramente consumida, eles sacrificam quase a totalidade do gado e conservam a carne defumando-a ou secando-a ao sol. Na súbita emergência de uma marcha inesperada, proveem-se de uma quantidade suficiente de pequenas bolas de queijo, ou coalho seco, que dissolvem na água, dieta exígua que mantém, por dias a fio, a vida e mesmo os espíritos do paciente guerreiro. Mas essa extraordinária abstinência, que o estoico aprovaria e o eremita poderia invejar, é comumente sucedida pela irrupção do apetite mais voraz. Os vinhos de um clima mais ameno são o mais gracioso presente ou a mais valiosa mercadoria que podes oferecer aos tártaros; e parece que o único exemplo de sua industriosidade consiste em extrair do leite da égua um licor fermentado, de forte poder inebriante. Assim como os predadores, os selvagens, do velho ou do novo mundo, expõem-se a vicissitudes de carestia e abundância, e seu estômago está preparado para suportar, sem grandes inconveniências, os extremos opostos da fome e da intemperança.

2. Em épocas de rústica e marcial simplicidade, um grupo de soldados e agricultores se encontra disperso por um país extenso e cultivado, e leva algum tempo até que a juventude guerreira de Grécia ou Itália se reúna sob um mesmo estandarte, seja para defender as fronteiras de sua pátria, seja para invadir os territórios de tribos adjacentes. O progresso da manufatura e do comércio agrupa insensivelmente uma numerosa multidão dentro dos muros de uma cidade; mas esses cidadãos não são mais soldados, e as artes que adornam e incrementam o estado civil da sociedade corrompem os hábitos da vida militar. As maneiras pastoris dos citas parecem reunir as vantagens de simplicidade e de refinamento. Os indivíduos de uma mesma tribo encontram-se sempre agrupados, mas em acampamentos; e o espírito nativo desses destemidos pastores é animado por mútuo apoio e emulação. As casas dos tártaros não passam de pequenas tendas de forma oval, habitação fria e suja que serve à promíscua juventude de ambos os sexos.

Habitações.

Os palácios dos ricos consistem em cabanas de madeira de tamanho conveniente para serem carregadas em grandes carroças e puxadas por vinte ou talvez trinta bois. Os rebanhos e manadas, após pastarem o dia inteiro nas adjacências, são trazidos de volta, ao cair da noite, para o acampamento. A necessidade de prevenir confusões, devidas ao constante convívio entre homens e animais, introduz gradualmente, na distribuição de funções, a ordem e a guarda do acampamento, esses rudimentos da arte militar. Tão logo tenha sido consumida a forragem de um distrito, a tribo, ou melhor, o exército de pastores segue em marcha regular em busca de pastos virgens, e assim adquire, nas ocupações ordinárias da vida pastoral, o conhecimento prático de uma das mais importantes e difíceis operações de guerra. A escolha de sítios é regrada pela diferença de estações: no verão, os tártaros avançam rumo ao Norte, e fincam suas tendas às margens de um rio ou nos arredores de um córrego. No verão, retornam para o Sul, e montam acampamento ao abrigo natural dos ventos gélidos que passaram pelas desoladas e glaciais regiões da Sibéria. Tais maneiras são admiravelmente adaptadas para difundir, entre as tribos nômades, o espírito de emigração e conquista. A conexão entre povo e território é de uma textura tão frágil que se rompe ao menor incidente. O acampamento, não o solo, é o país nativo do genuíno tártaro. Nos arredores do acampamento, sua família, seus companheiros, sua propriedade estão sempre presentes, e nas mais longas marchas ele leva consigo os objetos que são, aos seus olhos, preciosos, valiosos ou familiares. A sede de rapinagem, o medo, o ressentimento por uma injúria sofrida, a recusa da servidão, têm sido, em todas as épocas, causas suficientes para urgir as tribos de citas a avançar com ímpeto sobre países desconhecidos, na esperança de encontrar subsistência mais abundante ou inimigos menos formidáveis. As revoluções do Norte com frequência determinaram o destino do Sul, e no conflito entre nações hostis vencedor e vencido expulsaram um ao outro, alternadamente, dos confins da China aos da Germânia.[8] Essas grandes emigrações, por vezes executadas com inusitada diligência, tornaram-se mais fáceis devido à peculiar natureza do clima. É bem sabido que o frio da Tartária é muito mais severo do que seria razoável esperar de uma zona temperada. Esse rigor incomum é atribuído à altitude das planícies, que se erguem, ao Oriente, mais de uma milha acima do nível do mar, e à quantidade de salitre, que impregna o solo até as mais profundas camadas.[9] No inverno, os largos rios, de rápida corrente, que deságuam no Euxino, no Cáspio e no Gelado, permanecem solidamente congelados; os campos são recobertos por uma manta de neve; e as tribos vitoriosas em retirada atravessam com segurança a lisa e dura superfície da imensa planície, levando consigo suas famílias, suas carroças e seu gado.

3. A vida pastoril, comparada aos labores da agricultura e da manufatura, é sem dúvida uma vida de indolência; e, como mesmo os mais importantes pastores tártaros confiam a seus cativos a administração doméstica do gado, suas horas de lazer dificilmente são perturbadas por atividades servis ou que requeiram assiduidade. Mas esse tempo livre, em vez de ser devotado a suaves desfrutes de amor e harmonia, usualmente é desperdiçado com o violento e sanguinário esporte da caça. As planícies da Tartária estão repletas de

Exercícios.

---

[8] Tais emigrações foram descobertas pelo sr. de Guignes (*Histoire des Huns*, I, II), hábil e laborioso intérprete da língua chinesa que assim descortinou importantes cenas da história humana. (N.A.)

[9] Planície da Tartária chinesa há apenas oitenta léguas da Grande Muralha, a três mil metros do nível do mar, encontrada por missionários. Montesquieu, que usa e abusa de relatos de viagem, deduz as revoluções ocorridas na Ásia a partir desta importante circunstância: que o calor e o frio, a fraqueza e a força, encontram-se ali sem qualquer zona temperada entre eles. *Espírito das leis*, XVII, 3. (N.A.)

cavalos fortes, prontos para o serviço, facilmente adaptáveis aos propósitos da guerra e da caçada. Citas de todas as épocas foram celebrados como cavaleiros ágeis e destros, e a prática constante tornou tão firme a sua montaria que estrangeiros supunham que eles satisfariam todas as necessidades da vida civil, alimentar-se, beber e mesmo dormir, sem apear do dorso do animal. São excelentes no destro manejo da lança; o longo arco tártaro é flexionado por braço seguro; a pesada flecha é arremessada com mira precisa e força irresistível. Tais flechas frequentemente são destinadas aos inofensivos animais do deserto, que crescem e se multiplicam na ausência de seu mais formidável inimigo: a lebre, a cabra, o cabrito montês, o veado, o alce, o antílope. O vigor e a paciência, tanto dos homens quanto dos cavalos, são continuamente exercitados pelas cansativas caçadas, e a abundância de carne contribui para a subsistência e mesmo para o luxo do acampamento tártaro. Os feitos dos caçadores citas não se restringem, porém, à destruição de animais tímidos ou inofensivos. Enfrentam o feroz javali selvagem, quando este os ataca, atiçam o bravo, porém pesado urso, e provocam a fúria do tigre que desliza por entre a espessa folhagem. Onde há perigo pode haver glória: e a modalidade de caça que mais oportunidade oferece à coragem e ao valor pode ser considerada, a justo título, a melhor imagem bem como a melhor escola da guerra. Os torneios gerais, orgulho e deleite dos príncipes tártaros, propiciam instrutivo exercício a suas numerosas cavalarias. Traça-se um círculo, com muitas milhas de circunferência, dentro do qual serão disputados os jogos de um distrito; as tropas que formam o círculo avançam regularmente rumo ao centro; em seu caminho, encontram animais cativos, à mercê de seus projéteis. Nessas longas marchas, que frequentemente duram muitos dias, a cavalaria é obrigada a escalar montanhas, atravessar rios, cruzar vales, sem jamais interromper a ordem prevista para o seu gradual progresso. Habituam-se a voltar os olhos e direcionar os passos para um objeto remoto; a cadenciar a marcha, a suspendê-la ou acelerá-la, de acordo com os movimentos das tropas à direita ou à esquerda; a observar e repetir os sinais de seus líderes. Estes, por sua vez, aprendem, nessa escola prática, a mais importante lição da arte militar: a pronta e acurada avaliação de terreno, de distâncias e de tempo. Empregar contra inimigo humano a mesma paciência e coragem, a mesma destreza e disciplina, é a única alteração requerida para a guerra de fato; as distrações de uma caçada servem como prelúdio à conquista de um império.[10]

Governo. A sociedade política dos antigos germânicos parece ter sido de aliança voluntária entre guerreiros independentes. As tribos da Cítia, distinguidas pela moderna designação de *hordes*, assumem a forma de uma família cada vez mais numerosa, que se multiplicou, ao longo de sucessivas gerações, a partir de uma mesma cepa original. Os mais vis e mais ignorantes entre os tártaros preservam, com indisfarçado orgulho, o inestimável tesouro de sua genealogia, como descendentes do primeiro fundador da tribo, e mantêm intacto o orgulho próprio e o respeito pelos outros, apesar de distinções de classe introduzidas pela distribuição desigual das riquezas do pasto. O costume, mantido até hoje, de adotar os mais corajosos e fiéis entre os cativos, pode explicar a suspeita, de resto fundada, de que a consanguinidade entre eles é, em grande medida, uma ficção puramente legal. Um preconceito útil, que obteve

---

[10] Petit de la Croix (*Vie de Gengisean*, III, 7) representa em todo o seu esplendor a glória das caçadas mongóis. Os jesuítas Gerbillon e Verbiest acompanharam o imperador Kamhi em suas caçadas pela Tartária (Duhalde, *Description de la Chine*, IV). O neto deste, Kienlong, que uniu, à disciplina tártara, as leis e a instrução chinesas, descreve, como poeta, os prazeres de que tantas vezes desfrutou como esportista (*Éloge de Moukden*, pp. 273-85). (N.A.)

sanção do tempo e da opinião, produz os efeitos da verdade: os obstinados bárbaros se submetem, voluntariamente e de bom grado, à obediência de seu chefe consanguíneo, e o *mursa*, como representante de seu pai ancestral, exerce a autoridade de juiz em tempos de paz e de líder na guerra. No estado original do mundo pastoral, cada um dos *mursas* (para utilizarmos uma terminologia moderna) atuava como chefe independente de uma grande família, separada das demais, e os limites de seus respectivos territórios eram fixados gradualmente, pela força ou pelo consentimento. A constante operação de várias causas permanentes contribuiu, entretanto, para reunir as hordas nômades em comunidades nacionais sob o comando de um chefe supremo. Os fracos ansiavam por proteção, os fortes desejavam dominação; o poder, que resulta da reunião, oprimia e angariava as forças divididas de tribos adjacentes; e como os vencidos eram convidados a compartilhar as vantagens da vitória, os chefes mais valentes não perdiam tempo em se alinhar, com os seus, sob o estandarte de uma nação confederada. O mais bem--sucedido entre os príncipes tártaros assumia o comando militar, posto a que se intitulara por superioridade de mérito ou força. Era elevado ao trono pela aclamação de seus pares; o título de *Khan* expressa, na língua do Norte da Ásia, a extensão completa da dignidade real. O direito de sucessão hereditária foi por muito tempo confinado aos herdeiros de sangue do fundador da monarquia, e os khans que hoje reinam da Crimeia à Muralha da China são descendentes em linha direta do famoso Zingis.[11] Mas, como o dever

---

[11] Ver Abulghazi Kahn, *História genealógica dos tártaros*, II, e as listas de khan no final do volume sobre a vida de Gengis, ou Zingis. Sob o reinado de Timur, ou Tamerlane, um de seus súditos, descendente de Gengis, ostentava o título real de khan; o conquistador da Ásia se contentava com o título de emir, ou sultão. Abulghazi, V, 4. D'Heberlot, *Bibliothèque orientale*, p. 878. (N.A.)

incontornável de um soberano tártaro é liderar seus belicosos súditos no campo de batalha, as pretensões de um infante são muitas vezes desconsideradas, e um cavaleiro real, que se destaque por seu valor e tenha idade mais adequada, pode ser investido com a espada e o cetro. Dois impostos diferentes, ambos regulares, são arrecadados junto às tribos, um para sustentar a majestade do monarca nacional, outro para sustentar a do chefe local. Um soberano tártaro desfruta da décima parte da riqueza de seu povo, e como seus próprios rebanhos e manadas crescem em proporção muito maior do que os de seus súditos, ele consegue facilmente manter o rústico esplendor de sua corte, gratificando, entre o seu séquito, aqueles de mérito ou os seus favoritos, e obtendo, da suave influência da corrupção, a obediência que às vezes se recusa a uma autoridade mais inflexível. As maneiras de seus súditos, acostumados, tal como ele, a sangue e rapinagem, permitem-lhes desculpar atos de tirania que causariam horror a um povo civilizado. Mas o poder de um déspota nunca foi plenamente reconhecido nos desertos da Cítia. A imediata jurisdição do khan confina-se aos limites de sua própria tribo, e o exercício de sua prerrogativa real foi moderado, desde tempos antigos, pela instituição de um conselho nacional. O *coroultai*,[12] a dieta dos tártaros, reunia--se regularmente na primavera ou no outono, no centro de uma planície. Em tais conselhos, os príncipes da família reinante encontravam os *mursas* das respectivas tribos, que vinham acompanhados de suas numerosas tropas, montadas a cavalo; o ambicioso monarca, avaliando o poderio militar de seu povo, tinha a cautela de consultá-lo em suas

---

[12] Ver as dietas dos antigos hunos (de Guignes, III) e uma curiosa descrição dos Gengis (*Vie de Gesgiscan*, I, 6, IV, 11). Tais assembleias são mencionadas com frequência na história persa de Timur, embora só servissem para dar assentimento às decisões de seu senhor. (N.A.)

deliberações. Rudimentos de governo feudal se descobrem na constituição das nações citas ou tártaras, com a diferença de que o perpétuo conflito dessas nações hostis terminou no estabelecimento de um poderoso e despótico império. O vitorioso, enriquecido pelos tributos e fortalecido pelas armas de reis subordinados, semeou conquistas pela Europa e pela Ásia. Após bem-sucedidas invasões, os pastores do Norte se submeteram ao confinamento das artes, das leis e das cidades. A introdução do luxo, após a destruição da liberdade do povo, minou as fundações do trono.[13]

<small>Localização e extensão da Cítia ou Tartária.</small>

A memória de eventos passados não poderia ser preservada por muito tempo em meio a frequentes e longas emigrações dos iletrados bárbaros. Os tártaros modernos ignoram as conquistas de seus ancestrais,[14] e o conhecimento que temos da história dos citas deriva do contato deles com as nações letradas e civilizadas do Sul, os gregos, os persas e os chineses. Os gregos, que navegaram o Euxino e disseminaram colônias ao longo da costa, apenas gradual e parcialmente descobriram a Cítia, do Danúbio aos confins da Trácia, chegando ao congelado Meotis, onde reina o eterno inverno, e ao monte Cáucaso, descrito, na linguagem da poesia, como fronteira última da terra. Celebraram, com simplória credulidade, as virtudes da vida pastoral.[15] Foram mais racionais ao compreender o poderio e o número desses belicosos bárbaros[16] que pouco caso fizeram dos exércitos

---

[13] Montesquieu se debate para explicar uma diferença, que não existiu, entre a liberdade dos árabes e a perpétua *escravidão* dos tártaros; *Espírito das leis*, XVII, 5; XVIII, 19 etc. (N.A.)

[14] Abulghazi Khan, nas duas primeiras partes da *História genealógica dos tártaros*, relata as miseráveis fábulas e tradições dos tártaros uzbeques sobre os tempos anteriores ao reinado de Zingis. (N.A.)

[15] No livro XIII da *Ilíada*, Júpiter afasta os olhos dos ensanguentados campos de Troia para as planície de Trácia e Cítia. Não encontrou, com essa mudança de teatro, uma cena mais inocente ou tranquila. (N.A.)

[16] Tucídides, *História da guerra do Peloponeso*, II, 97. (N.A.)

de Dario, filho de Hystaspes.[17] Os monarcas persas haviam estendido suas conquistas no Ocidente até o Danúbio e as fronteiras da Cítia europeia. As províncias orientais de seu império estavam expostas aos citas da Ásia, selvagens habitantes das planícies para além do Oxus e do Jaxartes, dois volumosos rios que deságuam no Mar Cáspio. A longa e memorável querela entre Irã e Tourã é tema, até hoje, de histórias e romances: o famoso, talvez fabuloso valor dos heróis persas, Rustan e Asfendiar, mostrou-se na defesa de seu país contra as tribos do Norte,[18] e o invencível espírito desses mesmos bárbaros resistiu às investidas dos exércitos de Ciro e de Alexandre.[19] Aos olhos dos gregos e dos persas, a geografia da Cítia era delimitada, a leste, pelas montanhas de Imaus, ou Caf, e a distante perspectiva que tinham das partes mais extremas e inacessíveis da Ásia era anuviada pela ignorância ou obscurecida pela ficção. Tais regiões inacessíveis são, porém, a ancestral residência de uma poderosa e civilizada nação,[20] que remonta, segundo uma tradição provável, a mais

---

[17] Ver Heródoto, *História*, IV. Quando Dario adentrou o deserto na Moldávia, entre o Danúbio e o Neister, o rei dos citas enviou-lhe um camundongo, um sapo, um passarinho e cinco flechas: que tremenda alegoria! (N.A.)

[18] Essas guerras e esses heróis podem ser encontrados na *Bibliothèque orientale* de d'Herbelot. Foram celebrados num poema épico de sessenta mil versos rimados por Ferdusi, o Homero da Pérsia. Ver Nader Shah, *História*, pp. 145, 165. O público só pode lamentar que o sr. Jones tenha suspendido seus estudos orientais. (N.A.) [O lamento de Gibbon se mostraria infundado. Sir William Jones (1746-1794), além de ter fundado a Asian Society em Calcutá, foi autor de numerosos tratados sobre o sânscrito e o farsi, entre eles *The Sanskrit Language* (1784).]

[19] O Mar Cáspio, com seus rios e tribos adjacentes, é minuciosamente ilustrado em *Examen Critique des Historiens d'Alexandre*, que compara a verdadeira geografia aos erros produzidos pela vaidade ou ignorância dos gregos. (N.A.)

[20] A sede original dessa nação parece ter sido o Norte da China, nas províncias de Chensi e Chandi. Sob as duas primeiras dinastias, a cidade principal ainda era um acampamento móvel, as exíguas vilas se encontravam dispersas, empregava-se mais terra para o pasto do que para o arado, o exercício da caça tinha por objetivo livrar o país de feras selvagens, Petcheli (onde hoje fica Pequim) era um deserto, e as províncias do Sul eram habitadas por índios selvagens. A dinastia Han (206 a.C.) deu ao império sua atual forma e extensão. (N.A.)

de quarenta séculos,[21] e da qual há testemunho de uma série de quase dois mil anos, graças aos acurados registros de seus historiadores.[22] Os anais da China[23] ilustram o estado e as revoluções de tribos pastorais que podem ser incluídas sob a vaga denominação de citas ou tártaras, vassalos, inimigos, por vezes invasores de um grande império, cuja política sempre se opôs, com determinação, ao cego e impetuoso valor dos bárbaros do Norte. Da foz do Danúbio ao Mar do Japão, a Cítia se estende por cerca de cento e dez graus de longitude, ou cinco mil milhas de extensão. A latitude desses extensos desertos não é fácil de medir com precisão, mas, a partir do paralelo quarenta, que tangencia a Muralha da China, podemos avançar seguramente a Norte por mais de mil milhas, até que o nosso progresso seja detido pelo frio extremo da Sibéria. Nesse clima implacável, em vez do animado quadro de um acampamento tártaro, a fumaça que se ergue do solo, ou antes, da neve, indica a morada subterrânea

---

[21] Discute-se muito a origem da monarquia chinesa, que teria surgido entre os anos 2952 a 2132 a.C. O atual imperador consagrou o ano 2637 como aquele em que a lei foi estabelecida. As diferenças de estimativa se devem à duração incerta das duas primeiras dinastias, e o espaço vazio que se encontra para além delas é preenchido pelos tempos, não se sabe se reais ou fabulosos, de Fohi, ou Hoangti. Sematsien data a cronologia autêntica a partir do ano 841 a.C. Os trinta e seis eclipses de Confúcio (trinta e um foram verificados) foram observados entre os anos 722 e 480 a.C. O *período histórico* da China não começa antes das Olimpíadas gregas. (N.A.)

[22] Após sucessivas épocas de anarquia e despotismo, a dinastia Han (206 a.C.) marcou o renascimento da erudição. Os fragmentos de literatura antiga foram restaurados; os caracteres da escrita foram melhorados e fixados; e a preservação de livros para o futuro foi assegurada por invenções tão úteis como a tinta, o papel e a arte de imprimir. Em 97 a.C. Sematsein publicou a primeira história da China. Seus esforços tiveram prosseguimento com as investigações de mais de cento e oitenta historiadores. A maioria dessas obras foi preservada; exemplares das mais importantes encontram-se na biblioteca do rei da França. (N.A.)

[23] Conhecemos a China graças ao trabalho dos franceses: dos missionários em Pequim, dos srs. Freret e Guignes em Paris. O conteúdo das três notas precedentes foi extraído dos seguintes livros: *Chou-king*, com prefácio e notas do sr. De Guignes (Paris, 1770); *Tong-ien-kang-mou*, traduzido pelo padre de Mailla com o título *Histoire générale de la Chine*; *Mémoires sur la Chine* (Paris, 1776); *Histoire des Huns*; e *Mémoire de l'Académie des Inscriptions*, X, XV, XVIII e XXVI. (N.A.)

dos tungues e dos samoiedos: a ausência de cavalos é suprida por trenós puxados por renas ou cães de grande porte; os conquistadores da terra degeneram, insensivelmente, numa raça de selvagens diminutos e deformados, que tremem ao rugir das armas.[24]

---

[24] Ver *Histoire générale des voyages*, XVIII, e *História genealógica*, II. (N.A.)

OUTROS TÍTULOS
BIBLIOTECA PÓLEN

O CONCEITO DE CRÍTICA DE ARTE
NO ROMANTISMO ALEMÃO
Walter Benjamin

CONTRIBUIÇÃO À HISTÓRIA DA RELIGIÃO E
FILOSOFIA NA ALEMANHA
Heinrich Heine

CONVERSA SOBRE A POESIA
Friedrich Schlegel

DA INTERPRETAÇÃO DA NATUREZA
Denis Diderot

DEFESAS DA POESIA
Sir Philip Sidney & Percy Bysshe Shelley

DIALETO DOS FRAGMENTOS
Friedrich Schlegel

DUAS INTRODUÇÕES À CRÍTICA DO JUÍZO
Immanuel Kant

A EDUCAÇÃO ESTÉTICA DO HOMEM
Friedrich Schiller

A FARMÁCIA DE PLATÃO
Jacques Derrida

FRAGMENTOS PARA A HISTÓRIA DA FOLOSOFIA
Arthur Schopenhauer

LAOCOONTE
G.E. Lessing

MEDITAÇÕES
Marco Aurélio

POESIA INGÊNUA E SENTIMENTAL
Friedrich Schiller

PÓLEN
Novalis

PREFÁCIO A SHAKESPEARE
Samuel Johnson

SOBRE KANT
Gérard Lebrun

SOBRE O HOMEM E SUAS RELAÇÕES
Franz Hemsterhuis

TEOGONIA
Hesíodo

OS TRABALHOS E OS DIAS
Hesíodo

CADASTRO
ILUMI/URAS

Para receber informações
sobre nossos lançamentos e
promoções envie e-mail para:

cadastro@iluminuras.com.br

Este livro foi composto em Times pela *Iluminuras* e impresso nas oficinas da *Meta Brasil Gráfica*, em São Paulo, SP, em papel off-white 80g.